U. Pansy

Aus altem Stamm

FRANCKE
Verlag der Francke-Buchhandlung GmbH

Die Deutsche Bibliothek – CIP-Einheitsaufnahme

Pansy, U.:
Aus altem Stamm / U. Pansy. – Marburg an der Lahn : Francke, 1991
(Edition C : H, [Heimatlicht] ; Nr. 58)
ISBN 3-88224-904-8
NE: Edition C / H

3550 Marburg an der Lahn
Umschlaggestaltung: Gudrun Dresbach
Texterfassung: Verlag der Francke-Buchhandlung GmbH/
Heike Schmidt
Satz: Druckerei Schröder, 3552 Wetter/Hessen
Druck: St.-Johannis-Druckerei, 7630 Lahr/Schwarzwald 27579

Edition C, Nr. H 58

Inhaltsverzeichnis

1. Wie wird es werden?

„Was in aller Welt willst du mit den vielen Schutzdeckchen anfangen?“ fragte ein junges, kaum sechzehnjähriges Mädchen, dessen große, lebhafte Augen so unternehmungslustig in die Welt hinausblickten, als ob es sich mit Wonne darangegeben hätte, das große Rätsel, in das die Zukunft für sie noch gehüllt war, mit einem Schlage zu lösen. Einstweilen betrachtete sie mit einer gewissen Neugier ihre ältere Schwester, die vor einem riesigen Koffer kniete und mit großer Geschicklichkeit die vielen Sachen und Sächlein um sie herum in demselben unterbrachte, während sie hin und wieder den Blick über eine lange Liste gleiten ließ. Sie war so in ihre Arbeit vertieft, daß Stella ihre Frage wiederholen mußte, ehe sie antwortete.

„Wohl nichts anderes, als die verschiedenen Lehnsessel und Sofas damit zu zieren. Einen anderen Zweck für Schutzdeckchen kenne ich nicht.“

„Ich möchte dich noch etwas fragen“, sagte Stella nach einigem Zögern. „Hat Ludwig dir eigentlich je Näheres über seine Heimat und Familie erzählt?“

„Gewiß“, entgegnete Luise etwas geistesabwesend.

„Addie Dunlep sagte mir nämlich, daß das Gut seines Vaters eigentlich nichts anderes ist als ein großes Bauerngut und die Familie dementsprechend einfach lebt. Ich kann mir nicht denken, wie du mit deiner Erziehung und deinen Gaben in solche Verhältnisse passen sollst. Warum willst du dich in eine solch weltentlegene Gegend vergraben? Ich verstehe Ludwig nicht, wie er auf einen solch verrückten Plan kommen konnte.“

„Du weißt doch, Herzchen, daß seine schwache Gesundheit alle großartigeren Pläne über den Haufen geworfen hat und wir allen Grund zu danken haben, daß die Arbeit in der frischen Luft ihm so gut bekommt."

„Mir ist der Gedanke entsetzlich, daß du jahraus jahrein von allem abgeschnitten sein sollst, was du zeitlebens gewohnt warst. Sage einmal aufrichtig, Luise, wird dir nicht selber bange, daß du tüchtig Heimweh bekommst?"

Bei dieser Gewissensfrage hielt Luise in ihrer Arbeit inne und blickte ihre Schwester schelmisch an. „O du liebes, kleines Großmütterchen", sagte sie zärtlich; „was machst du dir für unnötige Sorgen um deine Schwester! Ich versichere dir, daß ich mich nicht im geringsten vor dem in deinen Augen so schrecklichen Bauernhof fürchte, und was das Heimweh betrifft, so bin ich fest überzeugt, daß ich darunter schon zu leiden haben werde. Wie wäre dies auch anders möglich, wenn man ein so trauliches Heim und so liebe Menschen hat verlassen müssen. Man tut ja einen solchen Schritt auch nicht ohne reifliche Überlegung, und dann, Schwesterchen, gehe ich nicht allein in die Fremde, sondern Ludwig Morgan begleitet mich. Wenn meine Liebe zu ihm nicht stark genug wäre, um willens zu sein, mit ihm, wenn nötig, bis ans Ende der Welt zu gehen, täte ich besser daran, ihn überhaupt nicht zu heiraten."

„Und du würdest Papa und Mama verlassen!" rief Stella in halb vorwurfsvollem, halb entsetztem Ton.

„Und ich würde Papa und Mama verlassen", wiederholte Luise lachend, „ja selbst meine sorgsame kleine Schwester Stella. Sieh, Herzchen, ich verhehle dir nicht, daß es mir schwer, sehr schwer wird, mich von euch allen zu trennen, aber kein Opfer wird mir so schwer, wenn Ludwig Morgan dabei in Betracht kommt!"

Offenbar gaben die Worte Stella viel zu denken; endlich

schüttelte sie energisch den Kopf und erwiderte: „Daraus soll ein Mensch klug werden! Ich verstehe absolut nichts davon und kann nur sagen, daß ich nicht imstande wäre, unsere Eltern und Freunde zu verlassen, um mit Ludwig Morgan zu ziehen."

„Das verlangt auch kein Mensch von dir. Mache nun aber kein solches Leichenbittergesicht, als ob ich das bedauernswerteste Geschöpf von der Welt wäre. Du bist noch viel zu jung, um die Sache zu verstehen; wenn du einmal dein Herz einem guten, treuen Mann geschenkt hast, dann wirst du es ganz selbstverständlich finden, alles zu verlassen und ihm zu folgen."

„Das werde ich nie selbstverständlich finden", eiferte der erregte Backfisch. „Wenn das je von mir verlangt wird, werde ich lieber eine alte Jungfer. Ich kenne keinen einzigen Mann, dem zuliebe ich ein solches Opfer bringen könnte."

„In deinem Alter habe ich auch so gedacht; aber mit der Zeit ändern sich zuweilen die Ansichten. Jedenfalls würde ich mir jetzt an deiner Stelle noch keine grauen Haare wachsen lassen. Für die vielen Schutzdecken finde ich sicherlich eine gute Verwendung. Glaubst du nicht auch, daß hier gerade noch Platz für meinen schönen Ebenholzkasten ist? Wenn ich nicht irre, so steht er noch auf dem runden Tischchen in meinem Zimmer."

Während Stella das Gewünschte holte, seufzte sie tief auf. „Ich wette, daß sie nicht den leisesten Begriff hat, in welche Verhältnisse sie sich begibt", murmelte sie vor sich hin. „Wie enttäuscht wird sie allein von ihrem Schwager sein! Meiner Meinung nach wäre es am klügsten gewesen, wenn Ludwig in Australien geblieben wäre!"

Es war nicht das erste Mal, daß Luise Barrows ihr künftiges Heim gewissermaßen in Schutz nehmen mußte; denn sogar ihre Eltern konnten sich immer noch nicht recht an den Gedanken gewöhnen, daß Luise, die der Stolz der ganzen Familie war, einer so unscheinbaren, prosaischen Zukunft entgegengehen sollte. Frau Barrows hatte manch heimliche Träne darüber vergossen, und wenn sie mit ihrem Mann allein war, so machte sie gar oft ihrem gepreßten Herzen Luft.

„Stelle dir nur einmal vor, daß sie morgens um vier Uhr aufstehen muß, um in der Milchwirtschaft nach dem Rechten zu sehen und für die Knechte das Frühstück herzurichten!" sagte sie wohl schaudernd.

„Wenn ihr im Leben nichts Schlimmeres begegnet, kann sie sich glücklich schätzen", tröstete Herr Barrows seine Frau, im geheimen aber konnte er sich selbst nicht recht damit zufriedengeben, wie die Dinge sich gestaltet hatten. „Luise hat sich ihr Los selbst ausgesucht", sagte er oft, „und an Ludwig ist ja auch nicht das geringste auszusetzen; er ist ein entschiedener Christ mit festen Grundsätzen, und dafür muß man heutzutage vor allem dankbar sein."

„Ja, ein entschiedener Christ ist er", entgegnete Frau Barrows zögernd, als ob sie gute Lust hätte hinzuzufügen: aber das genügt nicht. Sie sprach dies jedoch nicht aus, sondern meinte: „Wie in aller Welt soll sich das Kind in jener Einöde nützlich machen? Sie würde jedem Gesellschaftskreis zur Zierde gereichen und hätte das Zeug, einen guten Einfluß auf ihre Umgebung auszuüben, was man wahrhaftig nicht allen jungen Mädchen nachsagen kann. In ihrem künftigen Wirkungskreis wird sie wohl kaum Gelegenheit finden, ihre Gaben zu entfalten."

So sprachen die Eltern manches Mal miteinander. Sie hatten beide als wahre Christen für ihre Tochter vom Tage ihrer Geburt an gebetet und glaubten fest, daß Gott seine Kinder leitet und Gebete erhört; aber im Grunde ihres Herzens gaben sie doch der Befürchtung Raum, daß diesmal in der Lebensführung ihrer Tochter ein Fehler unterlaufen sein müsse. Sie hätten sich wohl der Sünde geschämt, eine solche Befürchtung in Worte zu kleiden, und doch, was bedeutete im Grunde ihr Seufzen und Sorgen anderes?

Die junge Braut war sich der Befürchtungen ihrer Eltern wohl bewußt, wenn diese sie ihr gegenüber auch nur selten laut werden ließen, seitdem sie einmal ihr Jawort gegeben hatten. Sie wußte, daß nicht nur die Eltern, sondern selbst ihr Bräutigam mit einer gewissen Bangigkeit in die Zukunft blickten. Hatte letzterer doch erst am Abend, vor dem Stella sie ausgefragt hatte, sie so ängstlich angesehen und endlich beinahe schüchtern gesagt: „Ich fürchte fast, mein Liebling, daß die Pläne, die ich draußen im fernen Australien für uns geschmiedet habe, unausführbar sind, seitdem ich hier mit eigenen Augen sehe, wie dein Elternhaus so ganz anders ist als das Heim, das ich dir zu bieten vermag."

„In diesem Fall kann ich dir nur den guten Rat geben, dich jedesmal im Geist nach Australien zurückzuversetzen, so oft du wieder Pläne machen willst", erwiderte Luise mit komischem Ernst. „So weit darfst du dich allenfalls noch mit jenem barbarischen Land einlassen."

Ludwig lachte; aber bald wurden seine Züge wieder ernst, als er fortfuhr:

„Unsere Umgebung muß eben doch in gewisser Beziehung zu uns passen, und wenn ich die Verhältnisse ansehe, in denen du aufgewachsen bist, so finde ich, daß du genau zu denselben paßt, während meine Heimat eigentlich das gerade Gegenteil von dem ist, was du gewöhnt bist. Ich kann dir keinen rechten Begriff davon machen; ... aber ..."

„Das brauchst du auch gar nicht; warte nur ruhig ab, bis

ich mir all die in deinen Augen so entsetzlichen Dinge selbst ansehen kann!"

„Dann aber ist es zu spät, um den Fehler wieder gutzumachen. Wenn wir sehen, daß unsere Lage wirklich unerträglich ist, können wir zwar immerhin wechseln; aber je mehr ich darüber nachdenke, desto klarer wird es mir, daß wir einen Fehlgriff gemacht haben."

„Hältst du mich denn wirklich für einen buntgefiederten Vogel, dem es nur in einem goldenen Käfig und warm ausgefütterten Nestchen wohlsein kann und sonst nirgends?" fragte Luise weich.

Ludwig sah mit unverhohlener Bewunderung auf seine Braut, als er antwortete: „Du weißt, mein Liebling, daß ich dir alles zutraue, dessen eine Frau fähig ist, und vielleicht noch etwas mehr. Aber sieh, das Haus und dessen Umgebung sind es nicht allein, die mich bange machen für dich, sondern ich fürchte auch, daß du mit meiner Mutter einen schweren Stand haben wirst. Sie ist eine gute, brave Frau, die ich hochschätze und liebe; aber sie ist ganz anders als deine Mutter, und ihr werdet kaum gemeinsame Interessen finden."

„Doch", unterbrach Luise. „Verschwenden wir nicht beide eine unbegrenzte Liebe an einen gewissen langen ‚Jemand', der vor mir steht?"

„Vielleicht wirst du selbst in dieser Beziehung eine Enttäuschung erleben müssen", sagte Ludwig kopfschüttelnd. „Meine Mutter liebt ihre Familie von Herzen; aber sie zeigt es nicht in der Weise, wie du es gewöhnt bist; sie ist sehr zurückhaltend und verschlossen. Wenn es nötig ist, wacht sie sechs Nächte hintereinander am Bettchen meiner kleinen Schwester Nellie, aber sie liebkost sie nie, wie deine Mutter eure kleine Hedwig liebkost."

„Das schadet gar nichts. Ich weiß, daß es genug Leute gibt, die ihren Gefühlen keinen Ausdruck geben können. Schließlich liegt doch auch die wahre Liebe nicht im Küssen und Herzen, sondern in der Selbstverleugnung für andere, wiewohl mir eure kleine Nellie leid tut, wenn sie ersteres entbehren muß. Vielleicht können wir dem Schaden abhelfen, indem deine Mutter das Pflegen und ich das Küssen besorge. Wird das gehen?"

„Du legst es eben darauf an, alles im rosigen Licht darzustellen. Ich kann es aber nicht tun und begreife meinen Vater nicht, wie er das Ansinnen hat stellen können, daß wir unter einem Dach wohnen müssen. Hätte ich nur nicht nachgegeben! Es ist gar kein Grund vorhanden, weshalb wir nicht unser eigenes Häuschen haben sollen; an den nötigen Mitteln fehlt es meinem Vater wahrhaftig nicht."

„Daran läßt sich nun nichts ändern, und wir müssen uns als gehorsame Kinder den Wünschen deines Vaters so lange anpassen, bis wir ihn entweder zu unserer Anschauungsweise bekehren oder bis wir die Dinge in seinem Licht ansehen lernen. Ich erwarte keineswegs, beständig auf Rosen zu wandeln, und weiß auch, was es dich für ein Opfer kostet, all deine Pläne aufzugeben und Landwirt zu werden. Und doch, wie kleinlaut kommen mir all diese Dinge vor im Vergleich zu der großen Freude, dich wieder so kräftig und wohl zu sehen. Merke dir nur ein für allemal: Ich will mich bei euch glücklich fühlen, und was man ernstlich will, das kann man. Ebenso will ich mit meiner Schwiegermutter auf gutem Fuße leben, und das kann schließlich doch auch nicht allzu schwer sein, wenn man in der Hauptsache einig ist. Vergißt du das denn?"

„Nein, ich vergesse es nicht", sagte Ludwig leise und traurig. „Aber Herzchen, du täuschst dich auch darin, denn von meiner ganzen Familie bin ich der einzige, der einen lebendigen Heiland kennt."

2. Die Hochzeit

Stella hatte schon mancher Trauung in ihrem Leben beigewohnt; aber noch niemals hatte die Zeremonie einen solch unbeschreiblichen Eindruck auf sie gemacht als an dem Tag, da ihre geliebte Schwester vor dem Altar stand und der Geistliche die üblichen Fragen an das Brautpaar richtete. Sie fand es ganz natürlich, daß Ludwig ohne Zögern das Versprechen abgab, Luise zu lieben und zu ehren und stets vor allem ihr Wohl im Auge zu behalten; das konnte er leicht versprechen, wenn es sich dabei um das liebenswürdigste, beste und tüchtigste Mädchen von der Welt handelte. Aber daß Luise sich verpflichtete, ihren Mann über alles in der Welt zu stellen, das konnte Stella nicht begreifen. Wie war es nur möglich, daß Luise ein solches Versprechen abgeben konnte in Gegenwart ihres Vaters, der ihr bisher der Inbegriff alles Guten und Edlen gewesen war, in Gegenwart ihrer Mutter, die so tapfer die aufquellenden Tränen hinunterkämpfte! Wie konnte sie sagen, daß sie ihren Mann zeitlebens in seinem Beruf unterstützen und ihm in allen Dingen gehorchen wolle! Im Geist malte sich der Backfisch aus, was alles von der Frau eines Landwirts verlangt werden konnte, und mit Entsetzen sah sie schon ihre geliebte Schwester eines schönen Tages mit einem Vorrat selbstgemachter Butter in die Stadt gehen und dann von dem Erlös dicke Wolle zum Sockenstricken einkaufen. Stella war so vertieft in diese unerquicklichen Vorstellungen, daß sie alles um sich herum vergaß und innerlich den festen Entschluß faßte, nie, niemals zu heiraten. Sie wollte sich wenigstens unter keiner Bedingung in dieser Weise an einen Mann und dazu an einen Mann wie Ludwig Morgan binden.

Die lieblich geschmückte Braut sah unterdessen ganz und gar nicht aus, als ob sie zu bedauern wäre; aus ihren Augen strahlte ein tiefes, heiliges Glück, und man merkte es ihrem ganzen Wesen an, daß sie das soeben abgelegte ernste Gelübde nicht als eine drückende Last, sondern als ein heiliges Vorrecht empfand.

An den Hochzeitsfeierlichkeiten fehlte auch nicht das Geringste, was in der vornehmen Welt bei solchen Gelegenheiten üblich war. Herr und Frau Barrow stammten beide aus vornehmen, reichen Häusern, so daß für sie der sie umgebende Luxus ebenso selbstverständlich war wie in anderen Familien der Mangel und die Armut. Ohne sich besondere Gedanken darüber zu machen, hatten sie alle nötigen Vorbereitungen zur Hochzeit getroffen, und wenn sie auch als ernste Christen allen Aufwand vermieden, so mußte Ludwig Morgan sich doch eingestehen, daß sein Vater nur unverzeihliche Verschwendung überall gesehen hätte.

Es ist jammerschade, daß wir es so wenig verstehen, uns in die Verhältnisse anderer Leute hineinzudenken, die sich durch ihre Lebensstellung und Erziehung andere Lebensanschauungen und Bedürfnisse angeeignet haben. Ludwig war viel in der Welt herumgekommen, hatte mancherlei gesehen und gehört und dadurch manche engherzige Ansichten abgestreift, so daß er ein offenes Auge für alles Gute in der Welt hatte und die Menschen nach ihrem inneren Wert und nicht nach ihrer äußeren Umgebung beurteilte. Darum wurde es ihm auch nicht schwer, seinen Schwiegervater zu bewundern und zu achten und dabei doch seinem Vater die schuldige Liebe und Achtung zu bewahren, so grundverschieden die beiden Männer auch waren.

Weitab von dem Getriebe der Stadt lag auf einsamem Hügel die künftige Heimstätte des jungen Ehepaares. Das plumpe, zweistöckige Haus sah wenig einladend aus, und es schien, daß der Besitzer desselben mehr Sorgfalt und Liebe auf die Verschönerung der umliegenden Scheunen und Stallungen als auf die Wohnung der Angehörigen verwandte. Das Innere des Hauses entsprach dem Äußeren; in der großen Küche, die der Familie zugleich als Wohn- und Eßzimmer diente, vermißte man jenen warmen Hauch der Gemütlichkeit, der auch dem dürftigsten Heim seinen Reiz verleiht. Der lange Eßtisch war mit einem großblumigen Wachstuch bezogen, in der einen Ecke des Zimmers stand ein plumpes Regal mit dem unvermeidlichen Kalender und einigen abgegriffenen landwirtschaftlichen Büchern, und in den anderen Ecken je ein einfacher Holzstuhl. Der gelbgestrichene Fußboden glänzte wohl in peinlicher Sauberkeit; aber es fehlte jede Spur eines Teppichs. Am gemütlichsten sah wohl der mächtige alte Kochofen aus, der eine wohltuende Wärme verbreitete und einen hellen Schein auf die blankgeputzten Milcheimer warf, die auf einem an der Wand angebrachten Brett standen. Dicht neben dem Ofen war ein alter Lehnstuhl für den Hausvater.

An einem unfreundlichen, nebligen Septemberabend war die ganze Familie Morgan in der Küche versammelt. Trotzdem nichts im Raum auf etwas Außergewöhnliches schließen ließ, merkte man den Gesichtern der verschiedenen Familienmitglieder an, daß alle in einer gewissen Spannung waren. Frau Morgan freilich stopfte so emsig wie gewöhnlich an einem groben Socken beim Schein eines erbärmlichen Talglichtes und gab ihre gereizte Stimmung hin und wieder durch einen mißbilligenden Blick auf ihre sechzehnjährige Tochter kund, die untätig neben ihr stand und sich die Zeit vertrieb, indem sie ab und zu den verkohlten Docht des Lichtes abschnitt.

„Du tätest besser, dir dein Strickzeug oder irgendeine Flickerei zu holen, statt deine Zeit so zu vergeuden“, sagte Frau Morgan endlich ärgerlich.

„Ich kann heute nichts arbeiten“, versetzte Dorothea kurz und stellte sich ans Fenster, um wenn möglich die Dunkelheit mit ihrem scharfen Auge zu durchdringen.

Das kurze Gespräch hatte den Hausvater auf dem Lehnstuhl in der Ofenecke aus seinem leichten Halbschlummer geweckt, und er rieb sich verschlafen die Augen. Er sah frühzeitig gealtert aus, seine hohe Gestalt war gebeugt; und sein Haar, das selbst der kräftigsten Bürste widerstand, nahezu weiß. Hinter dem Ofen saß Hans, der jüngere Sohn des Hauses, und stierte unverwandt in die Glut, während im angrenzenden Schlafgemach der Eltern die kleine sechsjährige Nellie mit weit geöffneten Augen in ihrem Bettchen lag. Wie gern wäre sie nur eine Stunde länger heute aufgeblieben; aber sie hatte es nicht gewagt, ihre strenge Mutter um diese Vergünstigung zu bitten, wußte sie doch nur zu genau, daß sie mit rauhen Worten abgewiesen worden wäre.

„Ludwig hätte wohl mit einem früheren Zug ankommen können“, sagte Vater Morgan endlich, nachdem er gegähnt und einen forschenden Blick auf die Wanduhr geworfen hatte. „Es wird kaum der Mühe wert sein, überhaupt noch ins Bett zu gehen.“

„Ich sehe keinen Grund, weshalb wir viel länger aufbleiben sollten als gewöhnlich“, entgegnete Frau Morgan und zog dabei die Nadel so eilig aus und ein, als ob das große Loch im Socken noch um jeden Preis geheilt werden müßte. „Es ist doch wahrhaftig nicht nötig, daß wir bis in den hellen Morgen hinein sitzen und schwätzen; dazu wird noch Zeit genug sein. Da Ludwig es für gut befunden hat, im Dorfe zu Abend zu essen, brauchen wir ja für nichts weiter zu sorgen.“

„Ich bin froh, daß Ludwig es so eingerichtet hat", bemerkte Dorothea; „es wäre mir schrecklich gewesen, in ihrer Gegenwart das Abendessen herrichten und dann das Geschirr abspülen zu müssen."

„Sie wird wohl bei sich daheim auch Teller benutzt haben und wird wissen, daß sie gewaschen werden müssen. Warum soll man heute anders scheinen wollen, als man gewöhnlich ist. Voraussichtlich wird auch wohl noch weiterhin alle Tage dreimal gespült werden müssen wie bisher. Die Welt wird, denke ich, nicht stehen bleiben, weil Ludwig geheiratet hat."

„Es wäre am Ende doch besser gewesen, wenn du heute, am ersten Abend, das vordere Zimmer geheizt hättest; es wäre weniger ... weniger peinlich gewesen", sagte Herr Morgan beinahe ängstlich, als ob er sich fürchte, seine Meinung auszusprechen.

„Was soll denn daran peinlich sein!" fuhr seine Frau in sichtlicher Erregung auf. „Meiner Meinung nach sollen wir der jungen Frau gleich am ersten Abend zeigen, wie wir es gewohnt sind. Oder hast du vielleicht vor, künftig die Abende im vorderen Zimmer zu verbringen? Dies Zimmer war bis jetzt für Ludwig groß und gut genug, und es wird sich wohl auch noch Platz finden für seine Frau."

Sie sagte dies in einem Ton, der deutlich verriet, daß sie ihrer Schwiegertochter nur notgedrungen einen Platz im Haus einräumte und keine freudigen Erwartungen an ihr Kommen knüpfte.

Während dieser Unterredung hatte Hans fortgefahren, in die Glut zu stieren, als ob ihn das alles gar nichts anginge. Er sah trotz seiner zwanzig Jahre schon alt aus, und sein Gesichtsausdruck verriet nicht viel Gutes, so daß seine Mutter schon manches Mal gesagt hatte, sie wisse gar nicht, wem der Junge nachschlage; er habe nicht die geringste Ähnlichkeit mit den Morgans, und von ihrer Familie habe er erst recht nichts geerbt.

Mit Ludwig war sie stets zufrieden gewesen bis zu dem Augenblick, da er sich eine Frau mitten aus der New Yorker Aristokratie herausnahm. Sie verstand nicht, warum ihrem Sohne die Töchter der Nachbarschaft auf einmal nicht mehr gut genug sein sollten.

Ein gewisser Familienstolz ist wohl überall zu finden, bei den einfachen Landleuten ebenso wie in den vornehmen Gesellschaftskreisen, und Frau Morgan war keineswegs die Frau, die mit ihren Ansichten hinter dem Busch hielt.

„Jetzt kommen sie!" rief Dorothea plötzlich mit vor Erregung glühendem Gesicht, gerade als die ehrwürdige Wanduhr die achte Stunde verkündigte.

„Dorothea, ich bitte mir aus, daß du dich zusammennimmst", entgegnete die Mutter streng. „Selbst wenn sie kommen, brauchst du doch kein solches Wesen daraus zu machen."

Mit einem Ruck war auch Hans in die Höhe gesprungen. „Ich gehe in die Scheune", sagte er brummig. „Ludwigs Pferd wird versorgt werden müssen, und ich habe keine Lust, heute noch irgend jemand zu sehen; ihr braucht mich also nicht zu rufen."

Während er durch die Hintertür verschwand, wurde die vordere Tür geöffnet, mehrere Koffer auf den Vorplatz geschoben, und schließlich hörte man Ludwigs Stimme „Wo steckt ihr denn alle?" rufen.

Erst dann rollte Frau Morgan ihre Arbeit zusammen, strich ihre leinene Schürze zurecht und trat vor, um ihre Schwiegertochter zu begrüßen.

3. Der Empfang

Soviel Luise auch schon über ihre neuen Verwandten gehört hatte, so hatte sie es doch nicht unterlassen können, sich ihren Empfang im neuen Heim auf ihre Weise auszumalen, ohne dabei die Eigenart der Familie Morgan genügend zu berücksichtigen. Sie stellte sich vor, daß Frau Morgan ihren Sohn liebevoll in die Arme schließen und mit zärtlichen Küssen überhäufen würde. „Mich wird sie kaum küssen wollen“, hatte sie sich gesagt; „aber ich will ihr nur mit einem einzigen schüchternen Kuß zeigen, wie lieb ich sie schon als meines Mannes Mutter habe, und dann will ich mich möglichst im Hintergrund halten, damit sie am ersten Abend Ludwig recht genießen können.“

Wie ganz anders aber war die Wirklichkeit. Mutter Morgan, die ihrem Sohn seit Jahren keinen Kuß gegeben hatte, streckte ihm auch heute nur ihre derbe Hand zum Gruß entgegen und kämpfte gewaltsam die Rührung hinunter, die sich ihrer unwillkürlich bemächtigt hatte. Sie brachte es sogar fertig, daß ihre Stimme so rauh wie immer klang, als sie sagte: „Du bist endlich heimgekehrt, Junge? Hoffentlich hast du nun das ewige Herumreisen satt. Und dies hier ist also deine Frau, wie?“ Luise fühlte den kurzen Händedruck, nicht aber, wie ihrer Schwiegermutter dabei das Herz klopfte.

Der Vater gab ihr nicht einmal die Hand, sondern winkte ihr nur zu, als Ludwig sie ihm vorstellte, und machte einige abfällige Bemerkungen über die Reiselust so mancher Leute.

Das war also der Empfang in der neuen Heimat. Zwei Tage vorher hatte das junge Ehepaar auf der Rückkehr von der Hochzeitsreise in Luises Elternhaus übernachtet, und unwillkürlich flogen ihre Gedanken zurück, wie ihre Mutter sie nach der kurzen Trennung mit Tränen in den Augen ans Herz gedrückt hatte, wie sichtlich schwer es dem Vater geworden war, sie nun auf immer scheiden zu sehen. Und wie stürmisch hatte ihre liebe Stella sie begrüßt! Mit einem Schlage empfand sie den ganzen Gegensatz zwischen ihrer bisherigen und ihrer neuen Heimat; sie hatte das Gefühl, als ob jemand ihr die Kehle zusammenschnürte, es flimmerte ihr vor den Augen, und nur ihrem festen Willen war es zuzuschreiben, daß sie nicht an jenem ersten Abend schon zusammenbrach.

Plötzlich rief ein zartes, schüchternes Kinderstimmchen aus dem dunklen Nebenzimmer den Namen Ludwig, und der liebevolle Bruder eilte herbei, um sein Schwesterchen zu begrüßen, das sich ängstlich unter die Bettdecke verkrochen hatte. Luise folgte ihrem Mann und mit vor Bewegung zitternden Gliedern schloß sie die Kleine in die Arme und bedeckte das liebliche Gesichtchen mit Küssen.

„Sie sieht dir ähnlich", sagte sie leise zu ihrem Mann, der wie ein Mädchen errötete. Nellie sah von einem zum anderen, betrachtete beide mit ihren großen, ausdrucksvollen Augen und flüsterte Ludwig zu: „Ich habe sie beinahe ebenso lieb wie dich!" Und das wollte viel sagen. Jedenfalls hatte Nellie es verstanden, ihrer neuen Schwägerin über den kühlen Empfang hinwegzuhelfen.

Hans blieb, seinem Vorsatz getreu, in der Scheune, bis alle sich zur Ruhe begeben hatten.

Mit einer gewissen Neugier sah sich Luise in dem Zimmer um, das für sie und ihren Mann eingerichtet worden war. Es war alles so ganz anders wie zu Hause in New York, so daß sie nur mit einem gewissen starren Erstaunen von einem Gegenstand zum andern blicken konnte. Hatte sie je in ihrem Leben solch einen eigenartigen, bunten Teppich gesehen? Wo mochten dergleichen Arbeiten wohl gemacht werden? Es kam ihr nicht in den Sinn, daß er möglicherweise im Haus selbst angefertigt worden war. An den beiden Fenstern hingen blaue Papierrouleau, die zur Hälfte hinaufgezogen waren; beim Schein des Kaminfeuers konnte man das farbenreiche Muster der altmodischen Tapete erkennen. Aber das allerwunderbarste war in ihren Augen das hoch aufgetürmte Bett, das ihrer Meinung nach nur mittels einer Treppenleiter erklommen werden konnte. Auf dem kleinen einfachen Toilettentisch befanden sich nur die allernotwendigsten Geräte. Außerdem stand noch ein Riesensekretär im Zimmer und ein schmaler Spiegel, abgesehen von zwei bestickten hohen Fußschemeln und einigen altertümlichen Stühlen.

Ludwig betrachtete seine Frau halb ängstlich, halb belustigt. „Ich habe mit dem besten Willen nicht gewußt, was ich machen soll", sagte er endlich, indem er den zweiten Fußschemel heranzog und sich neben seine Frau setzte. „Es kam mir geradezu albern vor, dem Zimmer einen New Yorker Anstrich zu geben, darum habe ich es vorgezogen, dir alle Änderungen zu überlassen; denn jedenfalls verstehst du dich darauf besser als ich. Bisher ist mir das Zimmer immer ganz gemütlich vorgekommen; aber seit ich dich darin sehe, merke ich erst so recht, wie wenig ihr zueinander paßt. Nicht wahr, du wirst die Geschichte in Einklang bringen?" fügte er so zaghaft hinzu, daß Luise alle Energie zusammennahm und freundlich erwiderte: „Für heute wollen wir, denke ich, alles lassen, wie es ist; denn wir sind beide zu müde, um Pläne zu machen. Jedenfalls habe ich noch nie ein so behagliches Bett wie dieses gesehen; nur weiß ich nicht recht, wie man hinaufklettern soll. Sag, Ludwig, wodurch ist es denn so hoch?"

Statt einer Antwort fing Ludwig hellauf zu lachen an, und Luise stimmte ein, obwohl ihr tatsächlich eher zum Weinen als zum Lachen zumute war.

Unterdessen schlich Hans auf Strümpfen die Treppe hinauf, indem er einen beinahe feindseligen Blick auf das Zimmer warf, aus dem solch anscheinend fröhliches Gelächter ihm entgegenschallte.

Trotz seiner Jugend war er einer jener schwierigen Charaktere, die sich überall zurückgesetzt fühlen und mit nichts zufrieden sind. Seiner Meinung nach war er von der Natur stiefmütterlich behandelt worden, während seinem älteren Bruder alles Glück in den Schoß fiel. Seine junge Schwägerin haßte er beinahe, ehe er sie überhaupt gesehen hatte, und er versuchte sich einzureden, daß sie ihn mit ihrem fröhlichen Lachen verspotten wollte, trotzdem sie ihn noch nie gesehen und vielleicht auch noch nicht einmal von ihm gehört hatte. Luisens Gedanken beschäftigten sich jedoch an jenem Abend weder mit Hans noch mit Dorothea, während sie mit ihrem Mann noch das Notwendigste auspackte.

„Erzähle mir ein wenig von deiner Schwester!" bat sie, und Ludwig besann sich einen Augenblick.

„Was soll ich dir von ihr erzählen?" fragte er unschlüssig. „Sie ist ein braves, gutes Mädchen, das gelernt hat, was sie vom hiesigen Lehrer überhaupt hat lernen können. Soviel ich weiß, wäre es wohl ihr Wunsch gewesen, sich noch weiter auszubilden, und ich habe sie nach Kräften unterstützt; aber mein Vater meinte, daß sie mehr wisse, als ein Mädchen ihres Standes überhaupt zu wissen brauche. Die Folge davon war, daß das arme Kind alle Bücher wegpackte und der Mutter im Haus zur Hand ging. Ich weiß nicht, ob sie sehr darunter litt; denn, wie du weißt, war ich mehrere Jahre nicht daheim, bis ich vor einem Jahr so elend nach Hause kam."

„Warum ist Dorothea kein gläubiges Mädchen?“

Ludwig ließ vor Erstaunen den Mantel fallen, den er soeben hatte aufhängen wollen, und sah seine Frau mit großen Augen an, als ob er sie nicht verstanden habe. So genau er sie auch zu kennen glaubte, so überraschte sie ihn mitunter mit solch merkwürdigen und doch solch einfach klingenden Fragen, daß er nichts zu antworten wußte.

„Warum?“ wiederholte er. „Das weiß ich nicht, Herzchen. Woher sollte ich es wissen?“

„Nun, ist es nicht merkwürdig, daß ein junges Mädchen, das unter christlichem Einfluß steht, sich noch nicht entschieden hat, sondern Jahr um Jahr in Ungewißheit verharrt?“

„In diesem Licht habe ich die Sache noch gar nicht betrachtet“, antwortete Ludwig nachdenklich.

„Was sagt sie denn, wenn du mit ihr von ernsten Dingen redest?“ forschte sie weiter. Sie erhielt so lange keine Antwort, daß sie endlich erstaunt zu ihrem Mann aufsah.

„Soviel ich mich erinnern kann, habe ich nie mit ihr über die Dinge, die mir am meisten am Herzen liegen, gesprochen“, sagte er schließlich kleinlaut. „Das berührt dich wohl seltsam, wie?“

„Ja“, entgegnete die junge Frau sanft; „es kommt mir ein wenig seltsam vor; aber ich habe so wenig Erfahrung, wie Brüder und Schwestern miteinander verkehren, daß ich mir kein rechtes Urteil bilden kann; ich habe ja nie einen Bruder gehabt!“

4. Der erste Morgen im neuen Heim

Es war noch stockfinster, als Luise am nächsten Morgen durch den Lärm im Haus geweckt wurde.

„Glaubst du, daß jemand krank ist?" fragte sie ihren Mann bestürzt. „Hast du nicht gehört, wie Türen zugeschlagen worden sind und draußen schon seit gewiß zehn Minuten eilig hin- und hergelaufen wird?"

„Freilich habe ich es gehört und mich schon sehr darüber geärgert. Mache dir keine Sorgen, mein Liebling; ich glaube, es ist nichts weiter, als daß man uns auf zarte Weise begreiflich machen will, daß man mit dem Frühstück auf uns wartet."

„Mit dem Frühstück?" wiederholte Luise mit geradezu komischem Entsetzen. „Es ist ja noch mitten in der Nacht."

„Für New Yorker Begriffe freilich. Aber selbst auf dem Land ist es lächerlich, so früh aufzustehen. In der arbeitsreichen Zeit will ich es mir noch gefallen lassen; aber jetzt, wo es nicht so viel zu tun gibt, ist es ein Unsinn. Ich habe immer einen stillen Widerstand geleistet, und die Folge davon war, daß ich fast täglich mein Frühstück kalt zu mir nehmen mußte."

„Stellt deine Mutter dir das Frühstück nicht warm?"

„O bewahre; sie würde es für ein Unrecht halten, wenn sie dadurch meiner Trägheit Vorschub leistete. Aber sage, mein Liebling, ist dieses Kleid nicht zu elegant fürs Land? Ich kenne mich in derlei Dingen ja nicht aus – aber ..."

„Ich weiß schon, was du sagen willst", entgegnete Luise schelmisch; „aber diesmal irrst du dich gewaltig, mein gestrenger Herr. Dies Kleid ist das einfachste, was man haben kann; der Meter kostet nur fünfzig Pfennige!"

„Ist es möglich?" entgegnete Ludwig, indem er seine Frau

vom Kopf bis zu den Füßen musterte. „Ich begreife nicht, was du mit deinen Kleidern anfängst."

„Ich trage sie", sagte Luise trocken, „und ich finde, daß dieses hier sehr zweckentsprechend ist."

Ludwig war still; aber mit einem gewissen Grauen dachte er daran, was wohl seine gestrenge Mutter zum Morgenanzug seiner Frau sagen würde, hatte er sie doch nur zu oft über den Kleiderluxus heutigen Tages losziehen hören, und in ihren Augen ließ sich selbst Dorothea zuweilen von der Modenarrheit anstecken. Gerade Frau Luisens einfache, dunkle Kattunkleider, die in der vornehmen Welt gänzlich verpönt waren, hatten das Entsetzen von Frau Barrow und Stella hervorgerufen, und nur mit Mühe hatte Luise durchgesetzt, daß etliche für sie angeschafft wurden. Auch die Machart war die allereinfachste; nur saß das Kleid wie angegossen und kleidete die junge Frau so allerliebst, daß Ludwig meinte, er habe sie noch nie so reizend gesehen.

„Ich begreife nicht", sagte er endlich kopfschüttelnd, „daß du in diesem billigen Kleid aussiehst, als hättest du dich zu einer Abendgesellschaft geschmückt."

Als Luise an der Seite ihres Mannes in die große Küche trat, fragte sie sich unwillkürlich, was wohl Stella sagen würde, wenn sie sie in dieser Umgebung sehen könnte. Beim Schein des unvermeidlich rußenden Talglichtes sah sie auf dem gedeckten Tisch das gewöhnlichste altmodischste Kaffeegeschirr stehen, und an einem Ende der langen Tafel saß Hans in Hemdärmeln, während Vater Morgan am andern Ende des Zimmers noch mit seiner Toilette beschäftigt war. Dorothea lehnte mit verdrießlichem Gesicht am Fenster. „Kommt rasch zum Frühstück; sonst wird es Mittag, ehe wir das Kaffeegeschirr gespült haben", sagte Mutter Morgan, als sie ihrer Schwiegertochter ansichtig wurde. „Nun,

Vater, müssen wir jetzt auf dich warten? Ich habe gedacht, du seist schon vor einer Stunde fix und fertig gewesen. Ludwig, du mußt gehörig hungrig sein."

Dem armen Ludwig stieg bei dieser sonderbaren Begrüßung das Blut ins Gesicht, und er hätte wohl irgendeine Bemerkung gemacht, wenn nicht plötzlich eine zarte, weiche Hand sich warnend auf die seine gelegt hätte. Mit dem freundlichsten Gesicht der Welt ging Luise auf ihren Schwager zu und sagte:

„Da uns niemand miteinander bekannt macht, muß ich mich wohl oder übel selbst als deine neue Schwägerin vorstellen und dich bitten, mich als Schwester freundlich anzuerkennen."

Hans starrte einen Augenblick die ihm entgegengestreckte feine weiße Hand an und wußte nicht, was er tun sollte. Er, der noch nie in seinem Leben einer Frau die Hand zum Gruß gegeben hatte, wurde feuerrot und legte mit einer gewissen Zaghaftigkeit seine wettergebräunte Hand in die ihre. Dann setzte man sich zum Frühstück nieder.

Luise wartete einen Augenblick mit gesenktem Haupt auf das Tischgebet, bis ihr klarwurde, daß das nicht im Haus ihres Mannes Sitte war. Zum erstenmal in ihrem Leben kam es ihr so recht schmerzlich zum Bewußtsein, wie schwer es war, mit Leuten zusammenzuleben, denen der Glaube Nebensache war.

Wie ungemütlich war doch jenes Frühstück, und doch wie froh war Luise, daß wenigstens Stella nicht zugegen war! Was hätte diese dazu gesagt, daß Dorothea sich mit ungekämmten Haaren an den Tisch setzte, daß Frau Morgan völlig unbefangen mit ihrem Kaffeelöffel in die Zuckerdose langte und jeder sich seinen Bedarf an Butter mit dem eigenen Messer abschnitt! Welch entsetzte Augen hätte sie wohl gemacht, wenn man ihr des Morgens Kartoffeln in der Schale zum Kaffee vorgesetzt hätte. Und wäre Stella vielleicht so glücklich gewesen, unter diesen Verhältnissen irgendein passendes Gesprächsthema zu finden? Die arme Luise zerbrach sich den Kopf, was sie wohl mit der mürrischen Dorothea reden sollte. In ihrem Leben war sie noch nie in solcher Verlegenheit gewesen. Sie wagte nicht zu fragen, ob ihre Schwägerin dieses oder jenes neue Buch gelesen habe; denn es schien ihr, als ob in dem Haus überhaupt nicht gelesen wurde. Sollte sie erzählen, daß sie ihre Kleider, wenigstens ihre Alltagskleider selbst machen könne? Sie mußte mit Gewalt ein Lächeln zurückhalten, als sie sich dabei ertappte, daß ihre Unterhaltungsgabe auf verzweifelte Abwege geriet.

Wie eine Erlösung kam es ihr vor, als Ludwig sich endlich mit der Frage an sie wandte, ob sie je schon einmal gesehen habe, wie man eine Kuh melkt.

„Schade, daß es so kalt ist, sonst könntest du zusehen, wie gut Dorothea sich auf diese Arbeit versteht", fügte er bei.

„Kalt?" rief Frau Morgan erstaunt. „Ich glaube, du hast dich entsetzlich verwöhnt, Ludwig, wenn du es heute kalt findest; es ist ja beinahe so warm wie im Frühling."

„Kannst du wirklich melken, Dorothea?" fragte Luise mit großem Eifer und voll Freude, endlich einen Anknüpfungspunkt gefunden zu haben. Aber, o weh! Dorothea wurde rot wie eine Mohnblume, blickte verwirrt auf ihren Teller, und ehe sie ein verlegenes „Ja" herausgebracht hatte, verschluckte sie sich derart, daß ihr die dicken Tränen in die Augen traten.

Was sollte Luise nun anfangen? Sollte sie etwa ein Gespräch über Kühe einleiten? Was konnte man von Kühen sagen? Sie wagte nicht, irgendeine diesbezügliche Bemerkung zu machen, aus Angst, sich eine Blöße zu geben und dadurch um einige Prozent weiter in der Achtung ihrer Verwandten zu sinken.

Glücklicherweise kam Frau Morgan ihr zu Hilfe mit der Bemerkung:

„Dorothea war noch nicht zwölf Jahre alt, als sie bereits zwei Kühe melkte!"

Aus dem Ton der Stimme fühlte die junge Frau sofort heraus, daß ihre Schwiegermutter es als unverzeihlichen Erziehungsfehler ansah, wenn zwölfjährige Mädchen nicht imstande waren, zwei Kühe zu melken. Sie hatte darum das Bedürfnis, demütig zu erwidern:

„Ich habe leider als Kind nie Gelegenheit gehabt, das Landleben kennenzulernen, da wir den Sommer meist an der See zugebracht haben und alle unsere Verwandten in der Stadt wohnen."

Dann gab sie es auf, mit den Anwesenden ein Gespräch anzuknüpfen, und bemühte sich, ihr Frühstück, so gut es ging, hinunterzuwürgen. Jedenfalls war es doch für sie am besten, sich möglichst rasch an die veränderte Lebensweise zu gewöhnen; vielleicht gelang es ihr, mit der Zeit sogar dem stark geräucherten Schinken Geschmack abzugewinnen und das schwerverdauliche Brot mit einigem Genuß zu verzehren.

Wie froh war sie, als das Mahl endlich vorüber war und sie sich in ihre eigene Stube zurückziehen konnte! Es kam ihr jedoch nicht in den Sinn, ihrem gepreßten Herzen durch Tränen Luft zu machen oder dem Wunsch Raum zu geben, wieder in ihrem behaglichen Elternhaus zu sein. O nein! Sie kämpfte tapfer jeden Heimwehgedanken hinunter, und während sie am Fenster stand, um ihres Mannes Grüße zu erwidern, wurde es ihr klar, daß sie ihm zuliebe alles tragen und erdulden könne. Ihrer Meinung nach hatte sie mit dem Ehegelübde auch die Verpflichtung auf sich genommen, die Verwandten ihres Mannes wie ihre eigenen zu betrachten, und diese Verpflichtung wollte sie nun auch treu und gewissenhaft erfüllen. Darum kniete sie in aller Einfalt nieder und befahl jeden einzelnen im Hause der treuen Fürsorge ihres Herrn und Meisters, dem sie dienen wollte, in welche Verhältnisse er sie auch stellen mochte.

5. „Wie kann ich mich nützlich machen?“

Zum ersten Mal in ihrem Leben war Luise unschlüssig, wie sie ihre Zeit anwenden sollte. Sie hätte ja während ihres Mannes Abwesenheit in ihrem Zimmer bleiben und nach Herzenslust nähen, lesen, schreiben oder mitunter auch träumen können, und gewiß wäre ihr dabei die Zeit nie lang geworden. Aber wäre es recht gewesen, sich in dieser Weise von ihren Hausgenossen abzusondern? Legte ihr Ehegelübde ihr nicht vielmehr Pflichten gegen die Verwandten ihres Mannes auf? Luise war fest entschlossen, kein Mittel unversucht zu lassen, um den Platz auszufüllen, den der Herr ihr in diesem Haus angewiesen hatte. Aber es kostete sie viel Kopfzerbrechen, ehe sie schlüssig war, wie sie ihre Hilfe anbieten könnte.

Den ersten Tag verbrachte sie in ihrem Zimmer, während ihr Mann jeden freien Augenblick benutzte, um nach ihr zu sehen. Am nächsten Morgen aber blieb sie nach dem Frühstück in der großen Küche und bot Dorothea ihre Hilfe beim Spülen an. Aber o weh!

Dorothea schrak zusammen, als ob ein Wesen aus einer anderen Welt sie angeredet hätte, und in ihrer Verwirrung goß sie den ganzen Kaffeerest über das weiße, grobe Tischtuch.

„Was ist nur in dich gefahren, Dorothea?“ schalt Frau Morgan. „Du führst dich ja auf, als ob dich noch nie ein Mensch angeredet hätte. An deiner Stelle würde ich endlich aufgeben, das dumme, schüchterne Mädchen zu spielen. Jetzt mache, daß du die Flecken auswäschst! Ich kann nicht jeden Tag ein neues Tischtuch auflegen.“

„Dorothea kann gut allein fertig werden“, wandte sie sich alsdann an Luise. „Sie hat von ihrem zwölften Jahr an das Kaffeegeschirr gespült, und es ist nie jemand eingefallen, ihr dabei zu helfen. Ich weiß nicht, wie dumm sie sich auf einmal benimmt.“

Nachdem der erste Versuch mißlungen war, wandte sich Luise direkt an Frau Morgan mit der Bitte: „Dann weise du mir eine Arbeit an, Mutter. Ich will kein untätiges Glied des Hauswesens sein, und wenn du mir kein Amt gibst, dann gehe ich hinaus in die Scheune und helfe dem Vater und Ludwig.“

„Deine Hände sehen nicht nach Arbeit aus“, entgegnete Frau Morgan kurz, indem sie mit geringschätzigem Blick die feinen weißen Hände ihrer Schwiegertochter streifte.

„Und doch haben sie nie untätig sein dürfen“, versetzte Luise freundlich, „wenn ich mich auch vielleicht in anderer Weise beschäftigte. Ich bin überzeugt, daß ihr ja ohne mich fertig werdet; aber ich möchte mithelfen; vielleicht gelingt es mir doch, euch diese oder jene Arbeit abzunehmen, und dann bleibt euch noch Zeit zu anderen Beschäftigungen.“ Sie hätte beinahe gesagt: „zur Erholung“; aber ein Blick auf das harte Gesicht ihrer Schwiegermutter verriet ihr zur rechten Zeit, daß hier im Haus das Wort „Erholung“ gleichbedeutend mit „Zeitvergeudung“ und darum verpönt war.

Einen Augenblick schwieg Frau Morgan; denn auf einen solchen Wunsch ihrer Schwiegertochter war sie nicht vorbereitet.

„Ich weiß wahrhaftig nicht, was du helfen könntest“, sagte sie endlich langsam. „Zu tun gibt es ja immer genug; aber Dorothea und ich wissen Bescheid, und ...“

„Und ich nicht“, unterbrach Luise sie schelmisch; „aber sage, Mutter, ist es dann nicht deine Pflicht, mich die Dinge zu lehren, die ich nicht weiß? Du wirst Dorothea auch erst die verschiedenen Arbeiten haben lehren müssen, nicht? Ich verspreche dir, recht aufmerksam zu sein; probiere es nur einmal. Darf ich fürs erste dieses Porzellan abtrocknen?"

Frau Morgan schüttelte energisch den Kopf. „Nein, Dorothea würde jedes einzelne Stück zerbrechen; sie ist ja ohnedem heute wie von Sinnen."

„Dann laß mich Hansens Zimmer übernehmen", bat Luise von neuem. „Soviel ich gesehen habe, schläft er gerade gegenüber von unserem Zimmer. Während ihr hier unten beschäftigt seid, mache ich dort Ordnung."

„Viel zu tun gibt es nicht bei Hans, höchstens das Bett machen, und damit ist Dorothea im Handumdrehen fertig. Überdies ist es kalt oben, und das taugt nicht für euch verwöhnte Leute, die ihr es kaum wagt, des Morgens die Nase vor die Tür zu stecken. Ich habe meine Kinder anders aufgezogen; das kann ich dir versichern."

„Jedenfalls übernehme ich es von heute an, Hansens Bett zu machen, wenn es sonst nichts anderes für mich zu tun gibt, und ich rate dir, Dorothea, nie mehr in mein Amt einzugreifen", sagte Luise munter, ohne auf die anzüglichen Bemerkungen ihrer Schwiegermutter einzugehen. Dann verließ sie das Zimmer und stieg mit einem leisen Seufzer die steile Treppe hinauf. Ehe sie an die selbst auferlegte Arbeit ging, fühlte sie das Bedürfnis, einen Blick auf das liebe Bild ihres fernen Mütterchens zu werfen, und während sie dasselbe aufmerksam betrachtete, war es ihr, als ob die sanften Augen sie mit besonderer Innigkeit anblickten und die feinen Lippen ihr neuen Mut zuflüsterten. Sie drückte einen innigen Kuß auf die Photographie und wandte sich entschlossen ab, indem sie leise die Worte vor sich hinsang:

„Mein Jesu, dir leb' ich;
Mein Jesu, dir sterb' ich;
Mein Jesu, dein bin ich
tot und lebendig."

Von ihm wollte sie sich führen lassen, ihm dienen, da, wo er sie hingestellt. Konnte es nicht möglich sein, daß ihr Meister in diesem öden Haus eine besondere Arbeit für sie hatte, und bestand die besondere Arbeit am Ende darin, daß sie den armen verbitterten Hans zum Herrn brachte?

Als Luise ihres Schwagers Zimmer betrat, blieb sie einen Augenblick entsetzt auf der Türschwelle stehen. Auf einen solchen Anblick war sie nicht gefaßt gewesen. Nun wunderte es sie nicht mehr, daß Hans seiner Eltern Sorgenkind war; es schien ihr sogar ganz natürlich, wenn dem armen Jungen kein anderes Heim geboten wurde als die öde ungemütliche Küche unten und die armselige Dachkammer hier oben, die kaum das Allernotwendigste enthielt. Konnte man es ihm verargen, wenn er sich lieber in der ersten besten Dorfschenke aufhielt und bis in die späte Nacht ausblieb, da seine Angehörigen auch nicht den leisesten Versuch machten, ihm sein Zuhause anziehend zu gestalten?

Nachdem Luise ihre Schwiegermutter gesehen hatte, wußte sie, daß Ludwig selbst mit dem besten Willen nicht das geringste im Haus ändern konnte; aber sie war entschlossen, mit des Herrn Hilfe zu tun, was in ihren Kräften stand, um die Herzen ihrer neuen Verwandten zu erweichen. Da sie noch nie in der Lage gewesen war, ein Spreubett zu machen, kostete es sie große Mühe, dem Lager eine halbwegs annehmbare Form zu geben. Sie war nicht zufrieden mit ihrer Arbeit; aber doch war es ein Meisterstück im Vergleich zu dem Produkt, das Dorothea sonst lieferte. Nachdem sie gekehrt und die wenigen Möbel sorgfältig abgestaubt hatte, blieb sie eine Weile sinnend stehen. Gar zu gern hätte sie den öden Raum ein wenig gemütlicher gemacht, und sie fragte sich, ob nicht eines der bewußten Schutzdeckchen gerade wie geschaffen wäre, um die Schäden der alten Waschtischplatte zu verdecken; wenn sie dann noch ein paar schön gebundene Bücher und einige ihrer niedlichen Kleinigkeiten herüberholte, würde es gleich viel heimeliger aussehen. Aber durfte sie es wagen, gleich am ersten Tag Änderungen vorzunehmen? Sie hatte sich gehütet, in ihrem eigenen Zimmer auch nur einem Stuhl einen anderen Platz zu geben, obwohl es sie zum Beispiel keine geringe Überwindung gekostet hatte, das Bett gerade an der Stelle stehen zu lassen, die am allerungeeignetsten war. Sie brannte vor Verlangen, sich nun wenigstens an ihres Schwagers Zimmer versuchen zu dürfen, aber mit einem wehmütigen Blick wandte sie sich der Tür zu und sagte leise vor sich hin: „Nein, heute noch nicht; ich muß warten."

Während ihrer kurzen Abwesenheit war die Küche aufgeräumt worden, und Frau Morgan saß mit Dorothea nähend am Fenster. Mißbilligend betrachtete erstere ihre Schwiegertochter, als sie in ihrem einfachen aber niedlichen Morgenhäubchen und bewaffnet mit Besen und Staubwedel vor sie trat.

„Meiner Ansicht nach bist du viel zu geputzt für die Hausarbeit", sagte sie endlich.

„O nein", erwiderte Luise munter; „du ahnst wohl nicht, Mutter, daß mein Kleid viel billiger ist als das von Dorothea; denn es ist ganz gewöhnlicher Kattun."

Dorothea musterte staunend ihre Schwägerin; sie wußte in bezug auf Kleider so wenig Bescheid, daß sie sich erst vergewissern mußte, ob Luise sich nicht etwa nur einen Scherz erlaubte. Wenn es wirklich ihr Ernst war, so war die Möglichkeit nicht ausgeschlossen, daß auch sie einmal in Besitz eines etwas geschmackvolleren Anzugs kam.

„Ach Mutter, darf ich vielleicht die Knopflöcher an deinem Kleid machen?“ rief Luise bittend, nachdem sie eine Weile zugesehen hatte, wie ihre Schwiegermutter emsig an einem starken Baumwollstoff stichelte. „Zu Hause war das Knopflochmachen mein besonderes Vorrecht, das ich nicht leicht anderen abtrat.“

Knopflochmachen gehörte nun zufällig gerade zu den Künsten, die Frau Morgan weniger gut verstand als andere, und deshalb war ihr die Arbeit geradezu verhaßt, wenn sie dies auch nie zugegeben hätte. Der Gedanke, daß ihr das lästige Werk abgenommen werden könnte, war ihr darum so verlockend, daß sie freundlicher als sonst antwortete: „Ich will nicht haben, daß du dir mit meinen Knopflöchern Mühe machst.“

„Von Mühe ist keine Rede; denn wie gesagt, ich mache gerade so gern Knopflöcher wie sich andere mit einer feinen Stickerei beschäftigen.“

Rasch wusch sie sich die Hände und setzte sich dann munter an die Arbeit, ohne zu ahnen, daß sie mit dieser kleinen Aufmerksamkeit die erste Hand angelegt hatte, um das Herz ihrer Schwiegermutter zu öffnen.

6. Ein verregneter Sonntag

„Um wieviel Uhr fahrt ihr morgen in die Kirche?“ fragte Luise am Samstagabend ihren Mann, während sie ihren Sonntagsstaat richtete.

„Da wir gut anderthalb Stunden zu fahren haben, sollten wir eigentlich um halb neun Uhr von hier aufbrechen; aber meistens kommen wir zu spät. Gewöhnlich ist bei uns gerade am Sonntag ein rechtes Gehetze.“

„Haben wir denn alle in einem Wagen Platz?“

„O ja, es ist genug Platz da für alle, die in die Kirche gehen“, erwiderte Ludwig ernst.

„Wieso? Es gehen doch wohl alle in die Kirche, oder nicht?“

„Nein, es bleiben immer einige zurück, um das Haus zu hüten.“

„Um das Haus zu hüten“, wiederholte Luise erstaunt; „das Haus wird doch nicht fortgetragen?“

„Das nicht“, antwortete Ludwig lachend; „aber es ist einmal nicht Brauch, das Haus am Sonntag ohne jeglichen Schutz zu lassen, weil möglicherweise in der Gegend oft verdächtige Gesellen herumstreichen.“

„Dann wird also das Haus nie ganz abgeschlossen, und es muß deshalb immer jemand daheim bleiben?“

Es war nicht leicht für Ludwig, eine passende Antwort auf diese letzte Frage seiner Frau zu finden, erinnerte er sich doch gar wohl, daß an Meßtagen, am Erntefest und am Weihnachtsfest keine Seele im Haus blieb und dasselbe vom frühen Morgen bis zum späten Nachmittag gänzlich unbeaufsichtigt war. Wie sollte er Luise begreiflich machen, daß an solch besonderen Feiertagen manches gängig war, was an einfachen Sonntagen ganz unmöglich zu sein schien.

„Du mußt dir diese Sonderbarkeit unserer Familie damit erklären, daß niemand außer mir aus wahrem Herzensbedürfnis in die Kirche geht", sagte er endlich traurig; „darum ist jeder froh, wenn sich irgendein Vorwand findet, um vom Gottesdienst fernbleiben zu können."

Luise merkte, wie das Gespräch ihren Mann traurig machte, und bemühte sich, von anderem mit ihm zu plaudern. In ihrem Herzen aber empfand sie eine selige Freude bei dem Gedanken, daß der kommende Tag des Herrn ein Tag war, an dem sie mit einer ganzen Gemeinde ihre Knie vor ihrem Herrn und Meister beugen durfte. Es ahnte wohl niemand, wie schmerzlich sie die gemeinsamen Betstunden und die gemeinsamen Hausandachten vermißte und wie ihre Seele nach all dem dürstete.

Als Luise am nächsten Morgen erwachte, regnete es in Strömen. Natürlich wäre auch sie lieber bei freundlichem Wetter in die Kirche gefahren; aber es befremdete sie etwas, daß ihr Mann gar so enttäuscht zum Fenster hinaussah, als ob ein Regentag das größte Unglück sei, das es gäbe.

„Der Regen schadet gar nichts", sagte sie beruhigend; „wir haben ja beide gute Regenmäntel und große Schirme, ich bin gewohnt, bei jedem Wetter auszugehen."

„Ich weiß, daß dich das Wetter nicht abhält; aber ich fürchte, daß mein Vater nicht anspannen lassen wird; er hat eine solche Liebe zu seinen Pferden, daß er sie keinem solchen Sturm aussetzt, wenn er es irgend vermeiden kann. Ist es dir ein sehr großes Opfer, heute ruhig mit mir zu Hause zu bleiben und den Gottesdienst für dieses eine Mal aufzugeben?"

„Nein, das nicht", sagte Luise etwas kleinlaut; „es fragt sich nur, ob es recht ist, wegen des bißchen Regens vom Gottesdienst fernzubleiben, während wir uns doch gewiß nicht abhalten ließen, etwa geplante Einkäufe in der Stadt zu machen."

„Ich könnte ja darauf bestehen, daß der Vater anspannen läßt, wenn du es für ratsam hältst, daß wir etwas gegen seinen ausdrücklichen Wunsch tun."

„O, nein, das wollen wir nicht", rief die kleine Frau; „ich glaube nicht, daß das Ehegelübde uns ganz von der Pflicht entbindet, unseren Eltern zu gehorchen. Jedenfalls gilt auch für uns das Gebot: ‚Ehre Vater und Mutter', und das wollen wir festhalten."

Entschlossen räumte sie ihren Hut und Mantel wieder in den Schrank und blieb zum ersten Mal in ihrem Leben am Sonntag zu Hause, obwohl sie vollkommen gesund war.

Wenn auch ihre Gedanken ab und zu wehmütig zu der Kirche ihrer Vaterstadt wanderten, wo ihr Platz künftighin leer blieb, so genoß sie doch in vollen Zügen die schönen Stunden, die sie in trautem Zusammensein mit ihrem Mann verleben durfte; denn in der Woche war er so beschäftigt, daß er sich ihr nur wenig widmen konnte. Wie glücklich saßen sie an jenem regnerischen Sonntagmorgen nebeneinander vor dem Kamin, bald lesend, bald plaudernd, halb in stillem Sinnen vertieft. Als sie aber nach dem Mittagessen wieder in ihr eigenes kleines Heiligtum zurückgekehrt waren, lag ein Schatten auf dem lieblichen Gesicht der jungen Frau, gerade als ob etwas sie bekümmere.

„Was sollen wir heute nachmittag tun?" fragte sie endlich beklommen.

„Nun, ich denke, nichts anderes, als wir am Vormittag

getan haben", antwortete Ludwig; „oder langweilst du dich, Herzchen?"

„Nein, gewiß nicht", sagte sie mit sonnigem Lächeln, „ich fürchte nur, daß wir unseren Sonntag in recht selbstsüchtiger Weise verbringen. Wie wäre es, Ludwig, wenn wir uns ein wenig den anderen widmeten? Es kam mir vor, als ob sie sich alle entsetzlich langweilten."

Ludwigs Züge verrieten, daß er wenig Lust hatte, auf den Plan seiner Frau einzugehen.

„Ich wüßte nicht, wie wir ihnen helfen können", sagte er. „Was könnten wir mit Hans und Dorothea reden? Wenn du die Gespräche hörtest, die die beiden miteinander am Sonntag führen, so würdest auch du zurückschrecken und die Flinte ins Korn werfen. Sie sind so daran gewöhnt, sich am Sonntag zu langweilen, daß sie gar keinen Begriff von etwas Besserem haben."

„Es braucht aber doch nicht immer so zu bleiben", wandte Luise ein; „mit unserem Kommen sollte sich doch eigentlich ein neues Element in der Familie fühlbar machen, und es ist unsere heilige Christenpflicht, unsere Umgebung zu beeinflussen. Wie hast du denn früher deine Sonntage verlebt?"

„Meist hier oben in meinem Zimmer, und wenn es zu kalt war, habe ich mich ins Bett gelegt, um ungestört lesen und beten zu können. Vergiß nicht, mein Herz, daß ich meiner Familie ziemlich entfremdet bin, nachdem ich seit meiner frühesten Kindheit alljährlich nur wenige Wochen daheim zubrachte. Als ich mit meinem Onkel nach Australien ging, waren Hans und Dorothea noch kleine Kinder, und daher kommt es wohl, daß wir nie in einem richtigen geschwisterlichen Verhältnis zueinander gestanden haben. Ich fürchte, daß sie mich ebensowenig kennen wie ich sie. Vielleicht verstehe ich nicht, den rechten Ton mit ihnen zu finden: auf alle

Fälle weist Hans jeden Annäherungsversuch meinerseits schroff zurück, und so oft ich Dorothea anspreche, wird sie dunkelrot und bringt vor lauter Verlegenheit keinen zusammenhängenden Satz heraus. Sogar mit meinen Eltern, die ich von Herzen liebe und ehre, lebe ich eigentlich stets auf geheimem Kriegsfuß. Ich kann beim besten Willen nicht ihre Ansichten teilen und ziehe mich so oft wie möglich zurück, um mich nicht beständigen Sticheleien auszusetzen. Seitdem du da bist, ist es mir eine wahre Erleichterung, mich einmal wieder geben zu dürfen, wie ich bin, und mit dir zu plaudern, so oft und so lange es dir gefällt."

„Unser Heiland hat nicht getan, was ihm gefallen hat", versetzte Luise sanft. „Du weißt, wie schwer es mir wird, eine Stunde trauten Beisammenseins mit dir zu opfern; aber ich halte es trotzdem für richtig, daß wir wenigstens versuchen, mit unseren Hausgenossen gemeinschaftlich den Sonntag zu feiern." Dabei stand sie entschlossen auf, rückte ihren kleinen Schaukelstuhl an seinen Platz und machte Miene, das Zimmer zu verlassen.

„Wenn du entschlossen bist, will ich dir nicht im Wege stehen", sagte Ludwig zögernd, „nur muß ich dich darauf aufmerksam machen, daß ich absolut nicht weiß, welches Gespräch ich unten anknüpfen könnte, das sich für den Sonntag eignet."

„Ich weiß auch keins", erwiderte Luise ruhig; „darum ist es wohl am besten, wenn wir vorerst gemeinschaftlich den Herrn um die Leitung seines Geistes bitten. Erinnere dich, daß er klar und deutlich sagt: ‚Deine Ohren werden das Wort hinter dir sagen, höre: dies ist der Weg, denselbigen gehet!' Es ist mir, als ob er uns sage, daß wir hinuntergehen sollen, und deshalb dürfen wir ihn wohl bitten, selbst unseren Mund zu füllen."

Die Familie war vollzählig in der Küche versammelt, und man sah es jedem einzelnen an, wie sehr ihn die erzwungene Sonntagsstille langweilte. Der Vater Morgan ließ die Augen über die Spalten des Wochenblattes gleiten und nickte von Zeit zu Zeit darüber ein, während Frau Morgan kerzengerade vor der großen Hausbibel saß und die kleine Nellie in derselben buchstabieren ließ. Eben war ihr aber die Geduld gerissen, und sie hatte das arme Kind in die Ecke geschickt, damit sie lerne, beim Lesen ruhig zu stehen und nicht beständig von einem Fuß auf den anderen zu hüpfen.

Dorothea hüpfte zwar nicht von einem Fuß auf den anderen; aber sie war nicht minder ruhelos als die Kleine und räkelte bald auf diesem, bald auf jenem Stuhl herum. Dazwischen sah sie auf die Uhr, deren Zeiger sie am liebsten um mehrere Stunden vorgeschoben hätte. Selbst der arbeitsreiche Montag mit der drohenden Wäsche war ihr lieber als der entsetzlich langweilige Sonntag. Hans saß in seiner Lieblingsecke, stierte wie gewöhnlich ins Feuer, und es kam Luise vor, als ob er ein noch mürrischeres Gesicht mache als sonst.

Alle schauten erstaunt auf, als das junge Ehepaar eintrat und Miene machte, sich häuslich niederzulassen.

„Setze dich mit an den Ofen", sagte der alte Morgan, indem er seinem Sohn etwas Platz machte; „das Feuer tut einem bei dem abscheulichen Wetter gut. Die Wege werden morgen in einem schönen Zustand sein, und doch müssen wir um jeden Preis in die Stadt."

„So früh wie sonst kann aber nicht gefahren werden", bemerkte Frau Morgan; „es gab gestern so vielerlei zu tun, daß ich die Butter noch nicht habe zurechtmachen können, und Dorothea hat noch nicht einmal die Eier gezählt. Sie hat es gestern wie Blei in den Gliedern gehabt und ist nicht von der Stelle gekommen."

„Da hätte sie mit Hans ein nettes Paar abgegeben", versetzte der Vater; „der Bursche muß auch seinen Unglückstag gehabt haben. Gelt, Hans, du hast gestern so ziemlich alles zerbrochen, was du in die Hand genommen hast?"

Statt einer Antwort brummte der Angeredete etwas Unverständliches in den Bart.

Ludwig warf einen beinahe hilfesuchenden Blick auf seine Frau, die aber allem Anschein nach gar nicht mutlos war. Sie hatte sich sofort neben die kleine Nellie gesetzt und im Flüsterton ein paar Worte mit ihr gewechselt.

„Mutter, darf die kleine Person ein wenig auf meinem Schoß sitzen, wenn sie artig sein will?" fragte sie alsdann. „Um diese Zeit war zu Hause mein Schwesterchen immer auf meinem Schoß, und ich sehne mich danach, einen kleinen Ersatz zu haben."

7. Der Sonntagabend

„Nellie ist viel zu groß, um auf den Schoß genommen zu werden“, entgegnete Frau Morgan; „sie kann aber aus der Ecke kommen, wenn sie sich nicht mehr wie ein wildes Füllen aufführen will.“

Nellie hielt sich nicht zu groß für ein Schoßkind, sondern schmiegte ihr glückseliges Gesichtchen vertrauensvoll an die Wange ihrer lieben Schwägerin. Während Ludwig dies beobachtete, zerbrach er sich den Kopf darüber, was er wohl mit seinem Vater reden sollte.

„Hast du Herrn Buttler kennengelernt, Vater?“ fragte er endlich.

„Herrn Buttler? Nein, eigentlich nicht; das heißt nicht weiter, als daß ich ihn vom Sehen kenne und er mich. Wenn wir uns in der Stadt begegnen und er nicht ganz in seiner Gelehrsamkeit versunken ist, grüßen wir uns, und dabei wird es wohl bleiben. Wie du weißt, haben sich die Pastoren nie viel um uns gekümmert!“

„Ich habe gedacht, daß Herr Buttler euch vielleicht während meiner Abwesenheit besucht hat?“

„Nein; wir wohnen zu sehr abseits, als daß man es für der Mühe wert hielte, uns einen freundschaftlichen Besuch zu machen.“

„Für Leute, die keinen Wagen und keine Pferde haben, ist es auch wirklich zu schwierig, bei den schlechten Straßenverhältnissen zu uns zu kommen“, warf Ludwig ein. „Überdies ist der Pastor noch nicht lange hier und wird kaum seine Besuchsrunde beendet haben.“

„Nein“, erwiderte der Vater; „man braucht freilich endlos viel Zeit, um rings um ein kleines Feld zu gehen, besonders wenn man keinen triftigen Grund dazu hat. Unsertwegen braucht sich der feine Herr jedenfalls nicht herauszubemühen; bei uns kräht kein Hahn nach ihm, und er hat sicherlich Besseres zu tun, als einen fruchtlosen Besuch zu machen."

„Aber hörst du ihn nicht gern predigen, Vater?"

„Ihn so gern wie jeden anderen", lautete die Antwort. „An den Predigten selbst habe ich überhaupt selten etwas auszusetzen; wenn bei den Leuten dann nur auch der Wandel den Predigten entspräche! Ich habe aber noch nie gemerkt, daß einer getan hätte, was der Pastor in der Predigt geraten hat, und was hat dann alles Predigen für einen Zweck?"

Dies war Herrn Morgans Steckenpferd, wie es das Stekkenpferd so vieler, vieler ist. Wie wird über die Unbeständigkeit der Christen geredet, und was ist es für ein Jammer, daß soviel Grund zu solchen Spottreden da ist! Ludwig hatte seinen Vater schon oft in dieser Weise reden hören, und jedesmal war ihm durch das Bewußtsein seiner eigenen vielfachen Untreue der Mund gestopft gewesen, wie es ja leider so vielen von uns geht.

Heute nahm er sich jedoch den Mut, direkt die Frage zu stellen: „Warum gehst du uns nicht mit gutem Beispiel voran, Vater, wenn du weißt, wie Christen eigentlich leben sollten? Vielleicht würde es uns besser gelingen, wenn wir dir nur nachzuahmen hätten."

Die Frage versetzte Vater Morgan in maßloses Erstaunen. Wenn ein Pastor das zu ihm gesagt hätte, so hätte er vielleicht gutmütig gelacht und sofort ein anderes Gespräch angefangen; aber es war ihm nie in den Sinn gekommen, daß sein Sohn je eine ernste Frage an ihn stellen könnte. Bisher hatte Ludwig stets geschwiegen und die mahnende Stimme seines Gewissens damit zum Schweigen gebracht, daß er sich einredete, er müsse es vermeiden, seinem Vater den Glauben madig zu machen, und es sei darum das beste, in solchen Gesprächen nie persönlich zu werden. Erst durch die kurze Unterredung mit seiner Frau und infolge ihres gemeinsamen Gebetes um die Leitung des Heiligen Geistes war ihm klargeworden, daß er sich wie ein Feigling benommen hatte.

„Nun, die Frage ist nicht ungeschickt", entgegnete der Vater endlich; „aber sie läßt sich leicht beantworten. Es gibt genug Leute, die stets fruchtlose Bemühungen in dieser Beziehung machen, so daß ich keine Veranlassung habe, deren Zahl zu vergrößern. Solange ich nicht jemand sehe, der mit ein bißchen mehr Erfolg arbeitet als die übrigen, habe ich nicht den Mut, mich auf diesem Gebiet zu versuchen."

„Er hat uns ein Vorbild gelassen, daß wir sollen nachfolgen seinen Fußstapfen", sagte Ludwig feierlich. „Ich dächte, Vater, wir hätten ein vollkommenes Vorbild, dem wir nachfolgen könnten. Es verlangt doch kein Mensch, daß ein Schulknabe die unförmigen Züge seines Mitschülers nachmale, wenn die tadellose Vorschrift vor seinen Augen liegt?"

Der Vater sah ihn nachdenklich an, so daß es fast den Anschein hatte, als ob der Geist Gottes anfange, an ihm zu arbeiten. Ludwig wagte kaum zu atmen, so gespannt wartete er auf eine Antwort.

Endlich sagte Herr Morgan mit scheinbar großem Ernst: „Es ist doch schade, Ludwig, daß du kein Pastor hast werden können; du hättest das Zeug dazu gehabt, so gut wie alle anderen, und meiner Ansicht nach bist du zu gelehrt, um jemals einen tüchtigen Landwirt abzugeben."

Abermals ging Ludwigs hoffnungsloser Blick zu seiner Frau hinüber. Sah sie denn noch nicht ein, daß es unmöglich war, die Leute für ein höheres Ziel zu erwärmen. Wie sehnte er sich danach, sich im stillen oberen Stübchen von ihr trösten zu lassen!

Aber Luise war zu beschäftigt, um auf ihn zu achten; sie erzählte Nellie gerade eine Geschichte, und zu Ludwigs großer Verwunderung hörten auch Dorothea und Hans zu, wenn auch letzterer seinen Hut noch tiefer als gewöhnlich über die Augen gezogen hatte, um sich nicht zu verraten.

„Ja, der Heiland war vierzig Tage lang in einer großen Wüste", erzählte Luise; „Er hatte nichts zu essen und keine Hütte, wo er hätte ruhen können, und während dieser ganzen langen Zeit redete der Satan ihm auf alle mögliche Weise zu, etwas Unrechtes zu tun. Wenn du Gottes Sohn bist, sagte er ihm, so brauchst du nicht zu hungern, damit nützest du keinem Menschen. Warum machst du denn nicht aus diesen Steinen hier Brot? Du hast doch die Macht dazu und kannst diese Steine im Handumdrehen in Brot verwandeln. Warum tust du es nicht?"

„Hätte er es wirklich tun können?" fragte Nellie mit weitgeöffneten Augen.

„Natürlich, oder glaubst du, es sei schwerer, einen Stein in Brot zu verwandeln, als Erdbeeren, Kartoffeln oder Äpfel zu machen?"

„Erdbeeren, Kartoffeln und Äpfel wachsen ja", entgegnete die Kleine mit überlegenem Lächeln.

„Gewiß, aber wie kommt es, daß sie wachsen, und woher kommt es, daß die Erdbeerpflanze immer Erdbeeren und nicht etwa Pflaumen oder Trauben hervorbringt? Es kommt nie ein Irrtum vor, so daß schon jemand, der ganz besonders weise und treu ist, sich der kleinen Pflanze annehmen muß. Und gerade diesen Jemand wollte der Teufel veranlassen, Steine in Brot zu verwandeln."

„Und warum hatte er es nicht getan? Es wäre doch nicht unrecht von ihm gewesen."

„Ich will dir's sagen. Der Hunger tut weh und war eine große Versuchung für Jesus; aber er hatte seinem Vater versprochen, daß er auf die Erde kommen wolle, um alles zu ertragen, was ein Mensch zu ertragen hat; er wollte gerade so sein wie alle Menschen. Und, nicht wahr, ein Mensch kann keinen Stein in Brot verwandeln; darum hätte Jesus sein Versprechen nicht gehalten, wenn er es getan hätte. Und dann noch eins: Wenn Jesus seine Macht gebraucht hätte, um sich aus der Not zu helfen, dann würden alle die armen hungrigen Knaben und Mädchen, die in Versuchung kommen zu stehlen, sagen: ‚Ach, Jesus weiß nicht, wie weh der Hunger tut, er hat Steine in Brot verwandeln können, und wenn wir dazu die Macht hätten, würden wir auch nicht stehlen.' Verstehst du?"

„Ja", entgegnete Nellie. „Bitte, erzähle weiter; er hat also kein Brot gemacht?"

„Nein, dieses Mal nicht; er sagte dem Teufel, daß es viel wichtiger sei, Gottvertrauen zu zeigen, als seine Macht zu offenbaren, indem er Steine in Brot verwandele. Hierauf hat der Teufel ihn zu überreden gesucht, sich von einem hohen Turm herabzustürzen; dann würden die Leute es sehen und sich verwundern, wenn er unversehrt bliebe. Der liebe Gott habe ihm ja versprochen, daß die Engel ihn behüten würden."

„Wenn er das doch getan hätten!" rief Nellie erregt; „dann hätten doch gewiß alle geglaubt, daß er Gottes Sohn ist."

„Sie hätten es doch nicht geglaubt; denn später hat er ebenso große Wunder getan. Er hatte Taube hörend und Blinde sehend, ja sogar Tote wieder lebendig gemacht, und doch haben sie ihm nicht geglaubt, im Gegenteil, einige haben sich sogar schrecklich über ihn geärgert. Er antwortete dem Teufel, daß es heiße, Gott zu versuchen, wenn man sich ohne Not in eine Gefahr begebe. Ach, und wie viele Knaben und Mädchen tun dies alle Tage! Endlich hat Satan ihm gesagt, daß er ihm die ganze Welt zu eigen geben wolle, wenn er niederfallen und ihn anbeten wolle. Ich denke mir, daß Jesus da an all das Schwere gedacht hat, was ihm noch bevorstand, an den schweren, dornenvollen Weg, der noch vor ihm lag."

„Gehört denn die Welt dem Teufel?" fragte Nellie erstaunt.

„In gewissem Sinne ja. Hast du noch nicht gemerkt, welche Macht der Teufel auf die Menschen dieser Welt ausübt? Es sieht gerade so aus, als ob sie ihm gern dienen. Einige legen es förmlich darauf an, ihm in allen Dingen zu Gefallen zu leben, und er spornt sie immer wieder aufs neue an, sich ihm ganz und gar zu übergeben, indem er ihnen alles erdenklich Schöne verspricht. Wenn er gehalten, was er Jesu versprochen hat, und aufgehört hätte, die Menschen auf verkehrte Wege zu leiten, dann wäre es viel leichter für Christus gewesen."

„Aber Jesus hatte es ja nicht getan?"

„Nein, denn Jesus hat nie etwas Unrechtes getan, um sich Kummer und Schmerz zu ersparen. Er sagte: ‚Gehe hinter mich, Satan!' Wie schade ist es, daß keine Knaben und Mädchen auf diese Weise den Satan zurückweisen, wenn er sie versucht und ihnen alles mögliche verspricht. Ist es nicht entsetzlich, dem Teufel zu glauben? Das allererste, was uns vom Satan erzählt wird, ist, daß er die Eva angelogen hat, und seitdem führt er die Leute fortwährend an."

„Er hat mich nie angeführt", erklärte Nellie entschieden.

„So? Weißt du das so bestimmt? Hat er dir nicht schon

manches Mal gerade das als besonders schön und begehrenswert hingestellt, was die Mutter verboten hat? Hat er dir nicht schon oft vorgemacht, daß du nur dann recht glücklich und vergnügt sein könntest, wenn du tun dürftest, was du möchtest, und hast du noch nie gemerkt, daß er dich damit angeführt hat?“

„Ja“, entgegnete Nellie, indem sie beschämt das Köpfchen senkte. „Einmal bin ich aus der Schule gelaufen und in den Wald gegangen und habe gedacht, daß dies wunderschön sein müsse. Aber ich habe nasse Füße bekommen und war ein paar Tage recht krank; das war gar nicht schön.“

„Siehst du, so behandelt der Teufel die Leute immer. Sollte man nicht meinen, daß sie endlich klug werden und nichts mehr mit ihm zu tun haben wollen, nachdem er sie so unzählige Male betrogen hat?“

„Ja“, erwiderte Nellie; „aber vielleicht können sie sich nicht von ihm losmachen?“

„Doch, sie können es; du siehst ja, wie Jesus von ihm losgekommen ist. Weshalb glaubst du wohl, daß er solche Versuchung ausgehalten hat und daß diese Geschichte für uns niedergeschrieben worden ist? Nur damit wir sehen, daß er wohl die Versuchungen und den Teufel kennt, daß er aber stärker ist als er und uns darum helfen kann. Er sagt, daß er uns nie über unser Vermögen versuchen lassen wird und uns zeigen will, wie wir standhaft bleiben können.“

„Warum tut er es dann nicht?“

„Er tut es, Herzchen. Er hat noch nie jemand stecken lassen in all den vielen hundert Jahren, seitdem er seine Verheißung gegeben hat.“

„Dann müßten aber doch alle Menschen brav sein und nie mehr etwas Unrechtes tun?“

„Der Fehler liegt an den Menschen, weil sie sich nicht von

ihm helfen lassen wollen. Er kann nur denen helfen, die sich ihm anvertrauen. Wenn du aber glaubst, daß du stark genug bist, um dir selbst zu helfen, wenn du nicht bei ihm bleibst, ihm nicht folgst, ihm nicht um seine Hilfe bittest, dann kannst du auch nicht von ihm erwarten, daß er dir beisteht. Als ich noch ein kleines Mädchen war, ging ich einmal mit meinem Vater spazieren, und er sagte mir: ,Wenn du bei mir auf dem Fußweg bleibst, Kind, will ich dafür sorgen, daß dir nichts zustößt.' Eine Weile ging ich auch ganz schön neben ihm her durch den Wald; auf einmal aber sagte ich: ,Ich fürchte mich gar nicht, Vater, es wird mir gewiß nichts zustoßen', und fort lief ich mitten in das größte Dickicht. Ich verirrte mich und mußte die halbe Nacht im Wald bleiben. War das meines Vaters Schuld, Herzchen?"

„Nein", entgegnete Nellie ernst. „Ach, wenn es nur keinen Teufel gäbe! Plagt er dich auch manchmal?"

„Jetzt nicht mehr so oft", entgegnete Luise leise. „Er flüstert mir wohl manches zu, was ich nicht leiden mag, und dann sage ich ..."

„O, ich weiß, was du sagst", rief Nellie eifrig. „Satan, gehe hinter mich, nicht wahr?"

„Nein", erwiderte Nellie bestimmt; „das sage ich nicht. Ich habe einmal eine Dame sagen hören, daß sie den Teufel ebensowenig hinter wie vor sich haben möge, und mir geht es ebenso. Ich bitte Jesus, daß er ihn fortschicke; und wenn ich nur sage: ,Jesus, bewahre mich', dann geht der Teufel fort. Er weiß wohl, daß er mit Jesus stets den kürzeren zieht. Aber ach, wie plagt er sich um die Leute, die sich nicht von Jesus helfen lassen wollen! Er hört nicht auf, ihnen alle möglichen Pläne zuzuraunen, und sie merken es gar nicht, wie sie in seiner Gewalt stehen. Sie versuchen alles, um glücklich zu werden, und werden statt dessen immer unglücklicher. Und der Teufel lacht über ihre Dummheit. Ist es nicht unbegreiflich, daß sie sich absolut nicht von Jesus helfen lassen wollen?"

„Ja", flüsterte Nellie und fügte ernst hinzu: „ich will mir aber schon helfen lassen." Luise drückte die Kleine fester an sich und sang mit ihrer lieblichen Stimme leise die Worte:

„Ich kann allein nicht gehen
nicht einen Schritt,
wo du wirst geh'n und stehen,
da nimm mich mit!"

Mittlerweile war es mäuschenstill im Zimmer geworden, und alles hatte gespannt der alten Versuchungsgeschichte gelauscht. So wenig man von Hansens Gesicht sehen konnte, so war es doch augenscheinlich, daß er tief ergriffen war. War es möglich, daß der Heilige Geist diese einfache Geschichte benutzte, um dem jungen Mann zu offenbaren, welchem Führer er bisher, seit seiner frühesten Kindheit, so treulich gefolgt war. Dämmerte ihm vielleicht das Bewußtsein, daß seine getäuschten Hoffnungen nur das Hohngelächter seines ränkevollen Zwingherrn waren? Jedenfalls stand er mitten unter dem Singen hastig auf und verließ das Zimmer.

„Ich glaube, es ist schon Zeit zum Abendessen", unterbrach Vater Morgan plötzlich das allgemeine Schweigen, das dem Liede gefolgt war. „So schnell ist der Sonntag noch nie vergangen!"

Er bemühte sich wie sonst zu sprechen; aber man merkte doch der Stimme die innere Bewegung an. Die Geschichte, die seinem Kind erzählt worden war, machte einen tieferen Eindruck auf ihn, als das ernsteste Gespräch, das man mit ihm selbst geführt hätte. War es nicht augenscheinlich, daß der Heilige Geist an diesem Sonntag nachmittag laut an jedes einzelne Herz der Familie geklopft hatte, und wer möchte es leugnen, daß er Luise Morgans schwache Bemühungen gesegnet hat?

8. Neues Licht

Ludwig und Luise hatten sich soeben ein recht behagliches Plätzchen vor dem altmodischen großen Kachelofen hergerichtet; auf einem Tischchen stand eine hellbrennende, hübsche Lampe, und Ludwig wartete mit einem aufgeschlagenen Buch, bis seine Frau Fingerhut und Schere herbeigeholt und ihre Näharbeit zur Hand genommen hatte. Beide konnten sonst kaum die traute Abendstunde gemeinsamen Lesens in ihrem Lieblingsdichter Shakespeare erwarten; heute aber schien Luise etwas zerstreut zu sein. Obwohl Ludwig mit seiner wohlklingenden Stimme bald diese bald jene Stelle wiederholte, um seiner Gefährtin Aufmerksamkeit zu fesseln, konnte er ihr doch nur ein ziemlich geistesabwesendes Lächeln oder eine einsilbige Antwort entlocken.

Plötzlich unterbrach sie ihn mit der ganz unvermittelten Frage: „Höre, Ludwig, kannst du mir ungefähr sagen, wie weit Dorothea mit ihren Studien gekommen ist?"

„Dorothea?" wiederholte Ludwig erstaunt. „Wie kommst du so plötzlich von Shakespeare auf unsere arme Dorothea? Übrigens bin ich nicht imstande, dir eine genügende Antwort zu geben. Soweit ich mich erinnern kann, hat sie so viel gelernt, als in unserer Dorfschule überhaupt zu lernen ist, und das ist nicht viel. In diesem Jahr soll der Unterricht zwar besser als sonst sein. Dorothea hat es gut getroffen, und auch meine Bemühungen, ihren Lerneifer zu unterstützen, sind vergeblich gewesen."

„Glaubst du, daß sie bitter enttäuscht war, als die Eltern ihr nicht erlaubten, die Töchterschule zu besuchen? Wenn ich damals länger zu Hause gewesen wäre, hätten die Eltern vielleicht unseren vereinten Bitten nachgegeben; aber das arme Kind konnte allein nichts durchsetzen. Wie kommt es aber, mein Herz, daß deine Gedanken sich heute mehr mit unserer Dorothea als mit Shakespeare beschäftigen?"

„Ich weiß es selbst nicht", erwiderte Luise lächelnd; „aber der Gedanke bedrückt mich, daß deine Schwester eine solch trübselige Jugend hat; sie wird ja alt, ehe sie richtig jung gewesen ist. Können wir denn gar nichts für sie tun?"

„Dieselbe Frage habe ich mir früher auch öfter gestellt, aber ich habe keine befriedigende Antwort gefunden. Mutter sieht nicht ein, daß Dorothea kein Kind mehr ist, das nur unbedingt folgen muß und kein eigenes Urteil haben darf; das arme Ding hat eine traurige Zukunft vor sich."

„Nein, das müssen wir verhindern", erklärte Luise bestimmt. „Sie ist gesund, jung und kräftig, und darum darf sie nicht ohne weiteres vor unsern Augen verkümmern. Wir müssen Mittel und Wege schaffen, um ihr zu helfen."

„Pläne machen können wir allerdings", versetzte Ludwig; „aber dieselben ausführen, ist ein anderes Ding. Wir dürfen nicht vergessen, daß unsere Familie ihre ganz besonderen Eigentümlichkeiten hat, die nicht etwa in unserem Beruf liegen. Rings um uns her wohnen Landwirte, deren Söhne und Töchter trotzdem den Vorzug einer guten Erziehung genießen durften und an Bildung den Stadtleuten kaum nachstehen, wenn sie sich dieselbe auch oft unter großen Schwierigkeiten und Entbehrungen erringen müssen. Manche sind freilich zu arm, um ihre Kinder ausbilden zu lassen, und in anderen Familien fehlt der Trieb, vorwärtszukommen; aber bei uns fallen derartige Gründe weg. Die absonderlichen Ansichten meiner Eltern kommen wohl daher, daß beide eine sehr schwere Jugend gehabt haben und sich unter viel Entbehrungen erst emporarbeiten mußten. Sie haben sich dadurch zwar keine gründliche Bildung aneignen können, haben aber andererseits einen reichen Schatz praktischen Wissens gesammelt, der wahrhaft staunenswert ist. Sie halten daher nichts von der Bücherweisheit und meinen, mit Beharrlichkeit und einem bißchen gesundem Menschenverstand müsse jeder seinen Platz in der Welt ausfüllen können. Wenn Dorothea z. B. mit aller Energie darauf bestanden hätte, die Töchterschule zu besuchen, so hätte sie es durchgesetzt, und die Eltern hätten sie ihrer Beharrlichkeit wegen nur um so höher geachtet. Aber dies liegt nicht in Dorotheas Charakter."

„Das hast du wohl besser verstanden?" meinte Luise lächelnd.

„Ja", entgegnete er lachend; „an Widerstand hat es mir wahrhaftig nicht gefehlt; und zum Ziel bin ich schließlich auch gekommen, und die Eltern sind stolz auf mich, weil sie sehen, daß ich ihren unbeugsamen Willen geerbt habe."

„Mich wundert nur, daß Dorothea sich nicht auf andere Weise schadlos gehalten hat für ihre Enttäuschung. So viele junge Mädchen haben dann für nichts anderes mehr Sinn als für Kleider, Vergnügungen und gehen schließlich an ihrer Leichtfertigkeit zugrunde."

Die Eltern mögen wohl auch so etwas befürchtet haben und haben darum so ziemlich jeden Verkehr mit der Nachbarschaft kurzerhand abgeschnitten. Wir haben uns nie an den ländlichen Zusammenkünften beteiligen dürfen, weder an Gesangvereinen noch an Spinnstuben, Apfelfesten und dergleichen, so daß wir ganz vereinzelt dastehen. Meine Mutter hat nie Bedürfnis nach Geselligkeit gehabt und versteht nicht, wie andere Leute anders geartet sein können. Unter unseren Nachbarn sind einige sehr nette Familien, die dir gewiß gefallen würden; aber meine Eltern haben so deutlich zu verstehen gegeben, daß sie keinen Verkehr wünschen, weshalb sie natürlich fernbleiben."

„Wie merkwürdig! Ich habe mich schon im stillen gewundert, daß niemand mir Besuch gemacht hat, und dachte, sie hätten wahrscheinlich alle ein Vorurteil gegen mich."

„Jedenfalls haben sie das Vorurteil, daß sie denken, es läge dir nichts an ihrer Bekanntschaft. Unsere Unzugänglichkeit wird auf die verschiedenste Weise ausgelegt. Wäre mein Vater arm, so würde es jedenfalls heißen, daß er keinen Verkehr mit Reichen haben wolle; nun sie aber sehen, wie Besitz sich mit jedem Jahr vergrößert und unsere Scheunen die bestgefüllten der Nachbarschaft sind, sagen sie, wir hielten uns für zu vornehm. Und doch sind wir unser Lebtag nichts anderes als Landleute gewesen und leben einfacher als alle unsere Nachbarn! Es ist geradezu lächerlich. Die arme Dorothea hat wohl am meisten unter der Eigentümlichkeit der Eltern zu leiden; sie ist sozusagen von der Welt ausgeschlossen. Sie kennt keine andere Abwechslung, als alle paar Wochen einmal in die Kirche zu kommen und hier und da auf den Markt. Ich glaube, sie hat noch mit den wenigsten unserer Nachbarn auch nur ein paar Worte gewechselt."

„Das arme Kind!" sagte Luise bedauernd, aber in einem Ton, der deutlich verriet, daß sie entschlossen war, hier Wandel zu schaffen, und Ludwig fragte sich nicht ohne eine gewisse Ängstlichkeit, was für Pläne wohl jetzt in dem klugen Köpfchen seiner Frau geschmiedet wurden.

„Nun, ist es mir gelungen, unseren Ruf der Eigentümlichkeit zu rechtfertigen?" fragte er scherzend.

„Ja; wie stellt sich aber Hans zu den Grundsätzen seiner Eltern?"

„Der setzt sich über dieselben hinweg", antwortete der junge Ehemann ernst. „Er hat sich auf eigene Faust Freunde gesucht, die er unter keinen Umständen ins Haus bringen könnte, und ich fürchte, daß er bei seinen häufigen abendlichen Ausgängen das Trinken und Rauchen nur zu gut gelernt hat, und beides ist dem Vater ein Greuel. Aber, was kann er tun? Er macht ja häufig seinem Ärger dadurch Luft, daß er Hans oft wirklich unbarmherzig behandelt; meiner Ansicht nach versteckt er unter seiner Härte nur seinen Schmerz über den unnahbaren Sohn, und gerade so macht es die Mutter. Je mehr sie sich um ihren jüngsten Sohn sorgt, desto unnahbarer ist sie, und ihre Züge scheinen dann wie versteinert."

„O Ludwig, wir müssen Hans retten für den Herrn und für die Eltern!" rief Luise in heiliger Begeisterung.

„Das gebe Gott; aber wie sollen wir es anfangen?"

„Gehe mit mir hinunter. Ich weiß, daß sie alle daheim sind, und wir können einen netten Abend zusammen verleben. Hast du je versucht, ihnen etwas vorzulesen? Nein, ich dachte es mir, und doch müssen sie Gefallen an deinem Vorlesen finden. Komm, laß uns gleich heute einmal probieren."

„Shakespeare vorzulesen?" fragte er etwas ironisch.

„Nein, damit wollen wir nicht gleich anfangen", versetzte die junge Frau munter; „vielleicht später einmal. Für heute aber nehmen wir, denke ich, ‚den neuen Timotheus' von Mr. Backer. Kennst du das Buch? Es ist reizend. Wir haben es vorigen Winter mit Papa gelesen, um uns während Mamas Abwesenheit die langen Abende zu verkürzen, und haben uns alle königlich unterhalten. Es ist ein Buch, das jedem gefallen muß, selbst Hans und der Mutter."

„Hast du wirklich den Mut, noch einmal einen Versuch zu wagen, mein Herz, nach dem Mißerfolg, den ich vorigen Sonntag gehabt habe? Ich habe nicht die Gabe zu solchen Experimenten."

„Der Herr allein weiß, ob deine Bemühungen am letzten Sonntag wirklich so ganz ohne Erfolg geblieben sind, und wir haben schließlich nur unser Bestes zu tun; alles andere ist des Herrn Sache. Und lesen kannst du, das weiß ich gewiß. Tue mir also den Gefallen und gehe mit mir hinunter."

„Ich kann nicht beim Schein einer Talgkerze lesen."

„Gut; dann nehmen wir unsere schöne Lampe mit und stellen sie gerade so, daß Mutter bei ihrer Arbeit sehen kann, ohne durch das helle Licht geblendet zu werden. Doch müssen wir uns hüten, irgendeine Bemerkung zu machen, als ob sie bei der Lampe besser sehen könnte als bei ihrem Talglicht. Nimm du also, bitte, die Lampe, und ich bewaffne mich mit dem Buch und meiner Arbeit."

9. Ein gewagtes Experiment

Hatte schon der Besuch des jungen Ehepaares am Sonntag in der Küche große Verwunderung hervorgerufen, so war die Familie erst recht erstaunt, als Ludwig und Luise mit einem Buch, einer Arbeit und vollends einer Lampe erschienen, und Luise einfach sagte:

„Ludwig wollte mir soeben vorlesen, und da es doch schade ist, wenn ich mich allein an dem schönen neuen Buch erfreue, so dachte ich, ihr würdet vielleicht alle gern zuhören. Darf ich mich neben dich setzen, Mutter?"

Ohne eine Antwort abzuwarten, stellte sie die hübsche Bronzelampe gerade so hin, daß das richtige Licht auf Frau Morgans Arbeit fiel, rückte sich selbst einen Holzstuhl zurecht und rief dann mit der fröhlichsten Stimme der Welt:

„So, Ludwig, jetzt sind wir bereit!" Sie wagte nicht zu fragen, ob die Familie mit dem Lesen einverstanden sei, aus Angst, eine abschlägige Antwort zu bekommen.

Während die anderen sich noch nicht von ihrer Überraschung erholt hatten, war Hans entschlossen, sich nicht in dieser Weise überrumpeln zu lassen; geräuschvoll stand er auf und schickte sich an, hinauszugehen. Ludwig sah mit einem bedeutungsvollen Blick zu seiner Frau hinüber, als ob er sagen wollte: „Siehst du, daß ich recht gehabt habe; mit Hans ist nichts anzufangen." Aber Luise ließ sich nicht irremachen; während sie innerlich ein Blitzgebet gen Himmel sandte, sagte sie entschlossen:

„O Hans, mußt du schon so bald in den Stall gehen? Dann müssen wir auf dich warten; es wäre zu schade, wenn du die Geschichte nicht hören könntest; ich dachte, daß sie gerade dir gefallen würde."

Diese Anrede entwaffnete sogar den mürrischen Hans, und widerstandslos setzte er sich wieder, während Ludwig hastig das Buch aufschlug und zu lesen begann.

Der den „neuen Timotheus“ selbst gelesen hat, weiß, wie fesselnd das Buch ist, nicht nur für gebildete Leute, sondern auch für ungebildete; man wird förmlich hingerissen durch die vorzügliche Charakterzeichnung, wodurch die einzelnen Personen leibhaftig vor einem zu stehen scheinen. Kein Wunder, daß alle atemlos lauschten; Ludwig selbst vergaß alle Befangenheit und las so prächtig vor, daß es an sich schon ein Genuß war, ihm zuzuhören. Luise machte unterdessen insgeheim ihre Beobachtungen. Es entging ihr nicht, wie die Mutter ihre Schere auf dem Schoß behielt, um ja kein störendes Geräusch zu machen, wie Dorothea das Strickzeug untätig in der Hand hielt und wie ihre Augen unverwandt an ihres Bruders Lippen hingen. Vater Morgan vergaß alle Müdigkeit und gähnte während einer ganzen Stunde nicht ein einziges Mal. Am meisten aber freute sich die junge Frau an dem sichtlichen Interesse, mit dem Hans der Geschichte folgte.

Als die Uhr neun schlug, hielt Luise es für geraten, dem eifrigen Leser Einhalt zu gebieten.

„Halt, Ludwig“, sagte sie; „hast du nicht die Uhr schlagen hören? Ich denke, es wird Zeit, zu Bett zu gehen.“

Einen Augenblick stutzte Ludwig, und schon hatte er auf der Zunge zu sagen: „Warum denn?“, als ein warnender Blick seiner Frau ihn zurückhielt und er schnell das Buch zuklappte, trotzdem er Dorotheas Enttäuschung sah und gar wohl merkte, daß Hans durchaus nicht abgeneigt war, mehr zu hören.

„Den Pastor lobe ich mir“, erklärte Vater Morgan nach einer kurzen Pause; „wenn es mehr seinesgleichen gäbe, würde ich bald eine bessere Meinung von der Gesellschaft bekommen. Jedenfalls ist die Geschichte ausgezeichnet geschrieben."

„Nichts als lauter Lügen", warf Mutter Morgan kurz ein, gleichsam um durch eine abfällige Bemerkung den Eindruck, den die Erzählung auf sie gemacht hatte, zu verwischen.

„Nun, das möchte ich nicht sagen", entgegnete Herr Morgan; „ich habe nichts Unnatürliches gehört; der Junge war eben ein flinker, kluger Schlingel, habe selbst eine Familie gekannt, die ganz ähnlich war wie die eben geschilderte. Mag es nun erfunden sein oder nicht, auf alle Fälle steht nichts da, was nicht hundertmal im Leben vorkommt. Es hat mir Spaß gemacht zuzuhören, und so etwas vertreibt einem die Zeit; ich habe keine Ahnung gehabt, daß es schon neun Uhr ist."

„Neun Uhr ist doch nicht spät", wagte Dorothea einzuwenden; „bei Stuards drüben brennt um zehn Uhr immer noch Licht im Wohnzimmer."

„Dafür stehen sie aber auch erst auf, wenn es schon hellichter Tag ist. Glücklicherweise habe ich meine Kinder anders erzogen", antwortete Frau Morgan scharf.

Luise fühlte, daß das Gespräch in gefährliche Bahnen zu kommen drohte, und stand darum hastig auf.

„Ludwig, nun müssen wir aber wirklich zu Bett gehen", sagte sie, „sonst verschlafe ich mich am Ende morgen, und dann denkt Vater, daß unser Lesen die guten Sitten verdirbt. Findest du den Lampenfuß nicht hübsch, Mutter?"

„Ich mag nichts mit solchen gefährlichen, neumodischen Dingen zu schaffen haben; sooft ich die Zeitung in die Hand nehme, stehen zwei oder drei durch Petroleumlampen verursachte Unglücksfälle darin. Wenn ich etwas zu sagen gehabt hätte, so wäre nie eine Petroleumlampe in unser Haus gekommen."

„O dies hier ist ein ganz neues System, das jede Explosion unmöglich macht; denn sobald die Lampe auch nur im geringsten schief steht, erlischt sie. Sieh!" und im Nu war das Licht erloschen.

„So, nun stehen wir alle im Finstern", rief Ludwig.

„Ich wollte nicht haben, daß die Flamme ganz ausgeht", versetzte Luise lachend. „Dem Übel kann leicht abgeholfen werden, denn Hans zündet uns gewiß gern eine Kerze an."

Merkwürdigerweise schickte Hans sich sofort an, dem Wunsch seiner Schwägerin nachzukommen, und ein aufmerksamer Beobachter hätte vielleicht ein blitzartiges Aufleuchten seiner Augen bemerkt, als Luise ihm in ihrer herzgewinnenden Weise dankte.

„Am liebsten hätte ich in den letzten zehn Minuten die große alte Bibel anstelle des Buches gesetzt und dich gebeten, uns ein paar Worte daraus vorzulesen und dann mit uns zu beten, aber ich wußte nicht recht, ob ich es wagen sollte", sagte Luise, als sie mit ihrem Mann allein war. „Dein Vater scheint in dieser Beziehung gar nicht so unzugänglich zu sein, als er uns glauben machen möchte."

„Es ist gut, daß du nicht den Vorschlag gemacht hast", entgegnete Ludwig ernst, „sonst hätte ich dir wohl eine Enttäuschung bereiten müssen. Ich glaube nicht, daß ich imstande gewesen wäre, deinen Wunsch zu erfüllen."

„Aber du hast doch bei uns zu Hause gar oft die Abendandacht gehalten, selbst wenn Gäste zugegen waren!"

„Das war etwas ganz anderes; ich wußte, daß dein Vater mit mir eines Sinnes war und aus voller Herzensüberzeugung mit einstimmte ins Gebet. Mein Vater würde sich hingegen kein Gewissen daraus machen, die Sache ins Lächerliche zu ziehen."

„Das glaube ich nicht", entgegnete Luise bestimmt; „er würde gewiß nichts gegen ein einfaches kindliches Gebet einzuwenden haben. Meiner Ansicht nach reizt es ihn vielmehr zum Spott, wenn er frommes Gebaren, aber keine entsprechenden Taten sieht. Offenbar stellt er hohe Ansprüche an Christen und findet, daß die Worte der Frommen nicht mit ihrem Wandel übereinstimmen. Vielleicht veranlaßt ihn gerade dein beharrliches Schweigen zu der Annahme, daß es dir nicht ernstlich um seine Bekehrung zu tun sei?"

Im großen und ganzen war Luise mit dem Erfolg das Abends zufrieden, und sie hatte das Gefühl, als ob sie ihren neuen Verwandten um einen Schritt nähergekommen sei.

Am nächsten Mittag erwartete ihrer freilich eine harte Probe. Sie war von Haus aus nicht verwöhnt, und es wurde ihr nicht schwer, sich mit der einfachsten Kost zu begnügen; aber ein Gericht gab es, dem sie mit dem besten Willen keinen Geschmack abgewinnen konnte, und das war ein seltsames Durcheinander von Rüben, Kohl und Kräutern, das mehrere Stunden mit einem fetten Stück Hammelfleisch zusammen gekocht wurde. Ein verdächtiger Geruch hatte ihr schon am frühen Morgen verkündet, was ihrer harrte, und bei Tische sah sie mit einer gewissen Märtyrermiene zu, welch vollgerüttelt und geschüttelt Maß Frau Morgan auf ihren Teller häufte. Wie gern hätte sie ihren Hunger mit dem herrlich duftenden frischen Hausbrot und der goldgelben Butter gestillt! Aber da gab es keinen Ausweg; sie mußte sich wohl oder übel an das schwere Werk machen und den Gemüseberg vor sich abtragen. Sie schluckte und würgte tapfer, aber umsonst! Frau Morgans Augen schossen ab und zu strafende Blicke zu ihr hinüber, bis die gekränkte Mutter ihrem Ärger Luft machte.

„Es wird wohl noch soweit kommen, daß wir für deine Frau einen besonderen Küchenzettel machen müssen", sagte sie zu ihrem Sohn. „Ich will wenigstens nicht den Vorwurf auf mich laden, daß sie bei uns Hunger leiden muß."

„Ich nage noch lange nicht am Hungertuch", erklärte Luise mit mühsam erkämpftem Lachen, „besonders nicht, wenn ich solch herrliches Brot und solch köstliche Butter vor mir habe."

Das Unglück wollte es nun, daß Ludwig am gleichen Morgen eine scharfe Auseinandersetzung mit seinem Vater gehabt hatte und in keineswegs rosiger Stimmung zu Tisch gekommen war. Hätte er Zeit gehabt, seiner Frau vorher das Herz auszuschütten, so hätte diese sicherlich das rechte Wort gefunden, um ihn wieder ins Gleichgewicht zu bringen. So aber reizte ihn die Zurechtweisung seiner Mutter dermaßen, daß er Luise in etwas kurzer Weise zuraunte: „So tue doch wenigstens, als ob du etwas essen würdest!"

Diese wenigen Worte genügten, um die sonst so tapfere Luise ganz aus der Fassung zu bringen, und zu ihrem eigenen Verdruß kamen ihr die Tränen in die Augen.

Da trat Hans unvermutet dazwischen.

„Warum in aller Welt laßt ihr denn nicht jeden essen, was er will", rief er ungeduldig. „Ich esse das ganze Jahr keinen Kohl, und kein Mensch kümmert sich darum; warum soll sie sich denn mit dem Essen quälen, wenn es ihr nicht schmeckt." Die ganze Tischgesellschaft war starr vor Erstaunen über diese unerwartete Verteidigungsrede; selbst Luise war einen Augenblick sprachlos teils vor Freude über Hans, teils, weil ihr die ganze Geschichte plötzlich urkomisch vorkam. War es möglich, daß sie wegen eines einfachen Gerichts in die Lage kam, einen Verteidiger haben zu müssen?

„Nun habe ich einen Genossen“, rief sie lachend; „wie wäre es, Hans, wenn wir einen Vertrag mit den anderen schlössen, demzufolge uns keiner mehr zu Kohl oder dergleichen zwingen darf?“

Ein schwaches Lächeln umspielte Hansens Züge, während Dorothea in ein nicht enden wollendes Gekicher ausbrach.

10. Allerlei Pläne

Am nächsten Sonntag konnte Vater Morgan mit dem besten Willen keinen Vorwand finden, warum seine Familie nicht zur Kirche fahren sollte; denn es war ein heller, klarer Wintertag und die Fahrstraße fest gefroren. Sonst hatte er wohl ab und zu einfach erklärt, es sei ihm nicht nach Ausgehen zumute, und da Hans auch nicht fahren wollte, so mußten die Mutter und Dorothea zu Hause bleiben, sie mochten wollen oder nicht. Als aber Ludwig und Luise völlig reisefertig zum Frühstück herunterkamen, fühlte Herr Morgan, daß es heute kein Entrinnen gab.

„Hans, du mußt fahren", erklärte er jedoch bestimmt; „ich habe einen steifen Hals."

„Ludwig wird wohl auch noch fahren können", antwortete Hans mürrisch. „Ich habe keine Lust, mich in die Kirche zu setzen."

„Ob du in die Kirche gehst oder nicht, ist mir einerlei; aber fahren mußt du; denn das junge Pferd ist noch nicht an Ludwig gewöhnt. Übrigens wäre es kein Schade, wenn du auch wieder einmal in die Kirche gingst; aber es ist ein Jammer, daß du dich nicht mehr um die Wünsche deiner Eltern kümmerst. Mutter, fährst du mit?"

„Nein", entgegnete Frau Morgan rasch, „ich sorge einstweilen fürs Mittagessen."

Auf der ganzen Fahrt ließ sich nichts mit Hans anfangen; ab und zu sprach er ein paar Worte mit den Pferden, oder er verwies Dorothea rauh zum Schweigen, wenn diese auf dem holprigen Weg einmal einen kleinen Schreckensruf ausstieß. Vor der Kirche hielt er die Pferde an.

„Nun wollen wir aber auf Hans warten, damit wir gemeinsam das Gotteshaus betreten", sagte Luise. „Du bist ja doch im Augenblick wieder hier, nicht wahr, Hans?"

Zuerst schwieg Hans betreten und schaute seine Schwägerin herausfordernd an, dann murmelte er ein kaum verständliches „Ja" vor sich hin und führte die Pferde schneller als sonst in den Stall.

„Dies ist beinahe ein Wunder", erklärte Ludwig, „denn es ist noch nie dagewesen, daß Hans sich doch herabgelassen hätte, in die Kirche zu gehen, wenn er vorher erklärt hat, daß er nicht gehen wolle."

„Und ich war der festen Überzeugung, daß er mitkommen werde; denn ich habe viel darum gebetet."

Die einfachen Worte seiner Frau gaben Ludwig einen Stich ins Herz. Hatte er heute auch nur einen fürbittenden Gedanken für seinen Bruder gehabt, und trug er überhaupt das Seelenheil seiner Angehörigen so treu und anhaltend dem Herrn vor, wie er sollte? Übrigens versprach er sich für Hans wenig Förderung von einem Kirchenbesuch, und selbst Luise war einen Augenblick entmutigt, als sie das Gotteshaus betrat. Wie öde und kahl war es hier im Vergleich zu der lieben, ihr von Kindheit auf vertrauten Kapelle daheim in ihrer Vaterstadt! Der ganze Raum machte ihr einen entsetzlich verwahrlosten Eindruck. Unwillkürlich fiel ihr nächster Blick auf die Gemeindeglieder. Offenbar kamen die meisten aus wohlhabenden Häusern, wie an ihren Anzügen zu sehen war. Mußte es nicht auch sie unangenehm berühren, daß das Haus Gottes so kahl und öde aussah, während ihre eigenen Wohnungen gewiß mehr oder minder den Stempel der Gemütlichkeit trugen. Welche Anziehung konnte die Kirche für die Armen haben, wenn es dort ebenso trostlos aussah wie bei ihnen daheim?

„Wenn es nur wenigstens sauber hier wäre", sagte Luise,

während sie bemerkte, wie der dicke Staub auf den Kirchenstühlen lag und Papierfetzen den Fußboden bedeckten.

Auch der Gottesdienst selbst machte auf die junge Frau einen entschieden wehmütigen Eindruck. Der Gesang wäre so übel nicht gewesen, wenn die Orgel nicht jeden Ton mit einem unausstehlichen Knarren begleitet hätte. Mühsam sammelte Luise ihre Gedanken, um andächtig dem Gebet folgen zu können. Die Predigt paßte leider auch zum Ganzen. Wie hungerte ihre Seele nach dem Brot des Lebens, und ach, wie trocken und schmacklos wurde es ihr gereicht! Kein Wunder, daß Hans und Dorothea bald ihre Gedanken von dem teuren Gotteswort abschweifen ließen und nicht einmal bemerkten, wie formvollendet die ganze Rede war. Was nützten eben leere Worte ohne Geistgehalt? Was nützen die schönsten Redewendungen, wenn dem Prediger nicht die wahre Herzensüberzeugung abzufühlen ist?

Es dauerte nicht lange, so schickte Satan sich an, der jungen Frau bald dieses, bald jenes zuzuraunen. „Was soll nun dieser Gottesdienst den beiden jungen Leuten helfen; wäre es nicht besser gewesen, sie wären zu Hause geblieben? Glaubst du, daß auch nur ein neuer Gedanke ihrem Herzen nahegetreten ist? Hast du vergessen, daß jede Verkündigung des Wortes Gottes entweder zur Förderung oder zur Verstockung der Zuhörer beitragen muß? Was hat dir nun all dein Planen und Beten geholfen?“ Wie seltsam, daß so viele Jünger Christi jahraus, jahrein diesen und ähnlichen Zuflüsterungen Satans Gehör schenken, die doch schließlich nur in anderer Form immer wieder die alte Frage aufwerfen: „Wenn du Gottes Sohn bist!“ Auf recht kluge Weise stellte Satan an die arme Luise die Frage: „Glaubst du nicht, daß der Herr heute dem Gottesdienst eine ganz andere Richtung hätte geben können, wenn ihm überhaupt an deinen Bemühungen, Seelen für ihn zu gewinnen, etwas gelegen wäre?"

Und was sollte die junge Frau darauf antworten? Sie mußte erfahren, wie richtig jemand einmal gesagt hat: „Der Teufel ist der allereifrigste Kirchenbesucher." Glücklicherweise versuchte sie nicht, sich selbst mit dem finstern Gesellen einzulassen, sondern hob den Blick zu dem empor, der allein die Macht hat, seinen Kindern aus der Versuchung zu helfen! Und der Herr bekannte sich zu seinem Wort und zu seinem Kind. Er erinnerte sie mit sanften Worten daran, daß sie nur zu pflanzen und zu gießen habe, während Gott selbst für das Fruchtbringen sorgen wolle und gewiß seinen Verheißungen nicht untreu werde, gerade wie er ihr ja auch heute seinem Wort gemäß in seinem Tempel begegnet war.

„Was ist nur mit eurer Orgel los?" fragte Luise ihren Schwager leise nach Beendigung des Gottesdienstes.

„Es fehlt ihr wohl nichts weiter, als daß sie einmal geölt werden müßte", entgegnete er rasch, „und an diesem Mangel leidet sie, solange ich denken kann. Die Leute meinen, scheint es, daß das Geknarre zur Musik gehöre."

„Warum hast du dem Übel nicht längst abgeholfen, wenn es wirklich nur am Ölen fehlt?"

„Ja?" fragte Hans starr vor Staunen.

„Ja, du; ich begreife nicht, wie du das entsetzliche Geräusch so lange hast anhören können. Tue mir den Gefallen und nimm dich in dieser Woche einmal des unglücklichen Instruments an, es verdirbt mir wirklich den ganzen Gesang. Überhaupt wäre in der Kirche viel zu tun. Habt ihr denn keinen Kirchendiener?"

„Es wird wohl einer da sein, der die Kirche heizt und die Glocken läutet", entgegnete der junge Mann kurz angebunden.

„Zum Kehren und Staubwischen hat er wohl keine Zeit", bemerkte Luise schelmisch. „Wenn wir ihn nur überreden könnten, daß er kehrt; das Abstauben will ich gern besorgen. Ich könnte dann mit dir gehen, wenn du die Orgel ölst."

Sie sagte dies, als ob sie es für eine abgemachte Sache hielt, daß Hans die Arbeit übernehmen werde, und dem jungen Mann kam es vor, als ob man ebensogut das Verlangen an ihn stellen könnte, am nächsten Sonntag die Predigt zu halten. Es lag ihm auf der Zunge zu sagen, daß er nicht dazu gedungen sei, die Kirche instand zu halten, als ihm gerade noch zur rechten Zeit einfiel, daß Luise ja ebensowenig zum Staubwischen gedungen worden war. So schwieg er in der Hoffnung, daß die ganze Sache in Vergessenheit geraten würde.

Unterdessen waren sie an der Kirchentüre angelangt, und da Ludwig von einem alten Herrn angeredet worden war, nahm Luise abermals ihre Zuflucht zu ihrem Schwager und bat ihn, sie mit dem Pastor bekanntzumachen.

„Ich kenne ihn ja nicht", polterte Hans heraus.

„Dann können wir uns selbst vorstellen", erklärte Luise einfach.

Dies war aber gar nicht nötig; denn im selben Augenblick trat der junge Pastor auf ihre Gruppe zu und bot ihr höflich die Hand zum Gruße, indem er sagte: „Wenn ich nicht irre, habe ich das Vergnügen, Frau Morgan begrüßen zu dürfen?"

Mit einem herzlichen Gegengruß beeilte sich Luise hinzuzufügen: „Dies hier ist mein Schwager, und dieses meine Schwägerin! Soviel ich höre, sind wir Ihnen alle noch fremd. Sie sind wohl erst kurz hier?"

„Ja", entgegnete der junge Mann zögernd; „ich bin verhältnismäßig noch nicht lange hier und bin noch nicht dazu gekommen, Herrn Morgan zu besuchen. Wann störe ich Sie wohl am wenigsten in der kommenden Woche, Frau Morgan?“

„Wir werden uns jederzeit Ihres Besuches freuen“, antwortete Luise freundlich. „Wie wäre es, wenn wir den Dienstag festsetzten? Dann dürfen wir Sie wohl zum Tee erwarten? Du hast doch am Dienstag auch Zeit, Hans, wie?“

Es blieb Hans nichts anderes übrig, als eine kaum verständliche, aber doch bejahende Antwort zu geben. Aber auf dem ganzen Heimweg konnte er sich nicht darüber beruhigen, daß seine kluge Schwägerin es fertiggebracht hatte, ihn gewissermaßen zu verpflichten, am Dienstag abend zu Hause zu bleiben, um den Pastor zu erwarten. Einerseits war er wirklich ärgerlich, andererseits aber machte ihm die Geschichte doch einen gewissen Spaß. Er überlegte, auf welche Weise er sich am Dienstag dennoch verdrücken könne, mußte sich aber auch gestehen, daß die bevorstehende Einladung einen Reiz für ihn hatte.

Als Luise auf dem Heimweg ihrem Mann erzählte, was für Pläne sie mit Hans geschmiedet habe und daß für ihn auch noch manches zu tun sei, traute Ludwig seinen Ohren kaum. Er wagte es nicht, irgendwelche Einwendungen zu machen, sondern fragte sich nur im geheimen, ob seine Frau wohl die Absicht habe, alles auf den Kopf zu stellen.

„Vielleicht ist es gut, wenn wir den Mittwoch für unsere Arbeit festsetzen, da dann die Kirche wegen der Betstunde ohnedies geheizt wird“, fuhr Luise fort. „Ich wette, daß auch die Lampen nicht in Ordnung sind; wenigstens sind mir verschiedene zerbrochene Zylinder aufgefallen. Sieh, Dorothea, da hätte ich gleich auch für dich eine Arbeit.“

„Ich habe noch nie eine Lampe geputzt“, entgegnete das junge Mädchen.

„O, das kann ich dir zeigen; ich habe eine gewisse Übung darin, weil ich zu Hause immer Papas Studierlampe zu putzen hatte. Nicht wahr, Schwesterchen, du kommst mit uns?“

„Ich bin gern dabei, wenn Mutter es erlaubt“, wandte das junge Mädchen ein.

„Dafür will ich sorgen“, ließ sich zu aller Erstaunen Hans vom Bock aus vernehmen.

„Recht sonntäglich war unser Gespräch eigentlich nicht“, sagte Luise zu ihrem Mann, als sie wieder mit ihm allein war; „aber weißt du, es liegt mir so viel daran, dem Gotteshaus einen würdigen Anstrich zu geben und bei dieser Gelegenheit Hans und Dorotheas Interesse zu wecken.“

11. Ein harter Kampf

„Hat sie ihn wirklich ganz von selbst zum Tee eingeladen?“ fragte Frau Morgan mit zornbebender Stimme, indem sie mit eingestemmten Armen dicht vor Dorothea trat.

„Ja“, antwortete diese ziemlich unmutig; „Ludwig hat gerade mit dem alten Roger gesprochen, und Hans und ich haben natürlich nichts gesagt, ehe der Pastor sich nicht direkt an uns gewandt hat.“

„Da hört aber doch alles auf“, rief die Mutter zornig. „Sie spielt sich wahrhaftig auf, als ob sie die Herrin im Haus wäre. Sie, die selbst noch eine Fremde bei uns ist, untersteht sich, ganz auf eigene Faust Gäste einzuladen, ohne nur zu fragen, ob es einem paßt oder nicht! Nein, das ist zu stark.“

„Sie ist eben von ihrem Elternhaus so an Geselligkeit gewöhnt, daß es ihr jedenfalls gar nicht in den Sinn gekommen ist, du könntest etwas dagegen haben, wenn sie unseren Pastor einlädt. Und ich kann auch nichts Unrechtes dabei finden, sondern freue mich im Gegenteil recht auf morgen.“

Frau Morgans Züge drückten maßloses Staunen aus, daß ihre Tochter sich erkühnte, eine eigene Meinung geltend zu machen. Während sie noch überlegte, wie sie sich angesichts dieser neuen Entdeckung zu verhalten habe, trat Luise mit dem Besen und der Kehrschaufel in die Küche.

„Hat Dorothea dir schon gesagt, daß Herr Buttler morgen zum Tee kommt, Mutter?“ begann sie arglos. „Leider haben wir nun gar nicht an die große Bügelei gedacht, sonst hätten wir einen anderen Abend festgesetzt. Ich will aber tüchtig mithelfen, damit niemand unter meiner Unüberlegtheit zu leiden hat. Soll ich zuerst das vordere Zimmer in Ordnung bringen oder vor allem in der Küche mithelfen?“

„Mache es ganz, wie es dir gefällt, gerade wie du es ja sonst auch ohne Erlaubnis zu tun pflegst“, antwortete Frau Morgan mit schneidender Schärfe und schlug dann zornig die Tür hinter sich zu.

Luise hatte den besten Willen, stets das Rechte zu tun; aber manchmal machte sie doch auch eine Dummheit. Sie fühlte sofort, daß sie dieses Mal gegen die ihrer Schwiegermutter schuldige Rücksicht verstoßen habe, aber das war doch immerhin kein Grund zu einer solchen Behandlung und zu der Verdächtigung, daß sie die Herrschaft im Hause an sich reißen oder eigenmächtig Neuerungen einführen wolle. Einen Augenblick blieb sie wie versteinert stehen; noch nie war eine solch unsagbare Sehnsucht nach ihren eigenen Eltern und ihrer Schwester über sie gekommen als gerade jetzt, wo sie merkte, wie völlig man sie hier mißverstand. Es graute ihr beim Gedanken, wie hart Frau Morgan jede kleine Unklugheit beurteilte. Wie konnte sie überhaupt so weiterleben? Mußte sie nicht fürchten, mit jedem Wort, mit der harmlosesten Äußerung Anstoß zu erregen? Durfte sie wirklich nicht ins Haus ihres Mannes einladen, wen sie wollte, und konnte sie sich in dieser Weise knechten lassen? Sie hatte das Gefühl, als ob sie der zornigen Frau nachgehen, ihr Kehrbesen und Schaufel vor die Füße werfen und sagen müsse: „Mache nun, bitte, Hansens Zimmer selber rein und laß mich mit meinem Mann zu meiner Mutter; du verdienst nicht den Namen Mutter!“

Was für einen Eindruck würde es wohl machen, wenn sie so etwas sagte! Sie dachte keinen Augenblick daran, solche Worte wirklich auszusprechen; aber der Teufel raunte ihr doch zu, ihrer Entrüstung auf diese Weise Luft zu machen. Jedenfalls konnte sie nur mit Mühe die aufsteigenden Tränen niederhalten, als Dorothea ihr plötzlich zu Hilfe kam.

„Die Mutter meint es nicht so schlimm, wenn es auch manchmal so aussieht", sagte sie begütigend. „Wer sie nicht kennt, meint wunder wie böse sie ist, und im Grunde ist sie es gar nicht; es ist nur so ihre Art. Sie ist gar nicht an Geselligkeit gewöhnt; aber wenn Herr Buttler erst einmal da ist, wird sie sich gewiß über seinen Besuch freuen."

Die teilnehmenden Worte des sonst so schüchternen Mädchens verfehlten nicht ihren Zweck. Luise gab es auf, ihren Tränen Einhalt zu gebieten; aber sie kam sich mit einem Male nicht mehr so verlassen vor, und in übersprudelnder Dankbarkeit gab sie ihrer Schwägerin einen herzlichen Kuß. „Du ahnst nicht, Schwesterchen, wie mir deine Worte wohltun", sagte sie. „Ich weiß, daß Mutter mich nicht kränken will, und sie hat ja vollkommen das Recht, mich zu tadeln, wenn ich etwas Unrechtes tue; ich sollte ihr im Gegenteil nur dankbar sein. Ich sehe ein, daß ich erst hätte fragen sollen, ob der Besuch nicht etwa stört. Aber darum wollen wir uns jetzt die Freude nicht trüben lassen, und ich meine, wir beiden betrachten uns künftig als richtige Schwestern, die sich recht innig liebhaben und sich gegenseitig helfen. Ich sehne mich so sehr nach meiner Stella." Mehr wagte Luise nicht zu sagen, wollte sie nicht ganz die Fassung verlieren. Sie wandte sich hastig ab und lief die Treppe hinauf in ihr stilles Zimmerchen. Dort barg sie das Gesicht in die Hände und brach in bitterliches Weinen aus. Der heutige Auftritt war es ja nicht allein, der sie so aufregte; sondern die vielen, vielen Stichelreden, unter denen sie fast vom ersten Augenblick an hier zu leiden gehabt hatte. Ohne daß sie es sich hatte anmerken lassen, traten ihr mit einem Male alle wieder in Erinnerung. O, wie gut verstand es der Teufel, eine schwache Stunde zu benutzen und der armen jungen Frau das Bild ihrer Schwiegermutter in den düstersten Farben vorzumalen! „Sie hat kein Recht, mich so zu behandeln, nachdem ich doch nun einmal die Frau ihres ältesten Sohnes bin und dieser doch wahrhaftig seinen redlichen Anteil an des Tages Last und Arbeit trägt! Man muß dieser Frau einmal zeigen, daß sie nicht allein auf der Welt ist; bis jetzt hat sie jeden beherrscht, der in ihre Nähe gekommen ist, und es ist meine Pflicht, ihr die Augen zu öffnen! Ich bin es meiner Stellung schuldig, jetzt zu ihr hinunterzugehen und ein offenes Wort mit ihr zu sprechen. Ich muß wissen, ob ich hier im Haus die Rechte einer verheirateten Tochter habe, oder ob ich mich lediglich als Gast fühlen soll. Im letzteren Fall will ich gern die Mühe und Auslagen vergüten, die durch die Einladung erwachsen."

Solch bittere Gedanken durchkreuzten den Sinn der jungen Frau; aber sie fühlte wohl, daß ihr demütiger und sanftmütiger Herr und Meister niemals eine solche Sprache führte; sie hörte, wie sich noch eine andere Stimme in ihrem Innern vernehmen ließ. „Du hast allerdings eine schwierige Stellung", sagte diese, „und es ist ganz natürlich, daß dir die Prüfungen besonders schwer erscheinen, weil du in so sonnigen Verhältnissen hast aufwachsen dürfen. Aber ich habe auch nie versprochen, dir jede Prüfung fernzuhalten, sondern mich verpflichtet, daß ‚wie der Tag deine Kraft' sein solle. Es hat sich dir auch noch keine übernatürliche Versuchung genaht, und ich bin treu darauf bedacht, daß du nicht über Gebühr versucht werdest."

Dieselbe Stimme legte es ihr auch nahe, nun ganz einfach zu der Schwiegermutter zu gehen und ihr zu sagen, daß sie unüberlegt gehandelt habe und erst hätte fragen sollen, ob es der Mutter auch recht sei, daß Herr Buttler zum Tee komme.

Es kostete Luise einen harten Kampf, bis sie willig war,

dieser Stimme zu folgen, die sie doch so gut kannte. Wer weiß es nicht aus eigener Erfahrung, wie oft das trotzige Herz sich sträubt, dem Herrn auf dem Wege der Selbstverleugnung nachzugehen, alle vermeintlichen Vorrechte aufzugeben und sich demütig zu beugen auch vor den Menschen, die einem weh getan haben! Endlich versiegten die Tränen der Erregung, Luise sank demütig auf die Knie und rang in heißem Gebet: „O Herr“, flehte sie, „du selbst hast den Teufel vor langer Zeit überwunden. Siehe, nun will er mich haben; aber sage du ihm, daß er mich verlassen soll; ich erinnere dich an dein Versprechen, daß du deine Kinder nicht in der Versuchung steckenlassen willst. Hilf mir, meiner Schwiegermutter in deinem Geiste zu begegnen, damit sie nicht für mich, sondern für dich gewonnen werde.“

Wenige Augenblicke später stand Luise in der Küche vor ihrer Schwiegermutter, und in ihrem Gesicht malte sich ein solch himmlischer Friede, daß Dorothea nicht den Blick von ihr wenden konnte.

„Es war sehr unüberlegt von mir, Mutter, daß ich Herrn Buttler eingeladen habe, ohne die Sache vorher mit dir zu besprechen“, sagte Luise einfach. „Wenn du es mir verzeihst, will ich es ganz gewiß ein anderes Mal nicht wieder tun. So sagt mein Schwesterchen immer, wenn sie etwas Ungeschicktes gemacht hat. Und dann wollte ich dich noch fragen, Mutter, ob ich einige meiner Bilder ins Wohnzimmer hängen darf; sie liegen gar so unnütz oben in meinem Koffer.“

„Natürlich“, entgegnete Frau Morgan; „hänge so viele auf, als du willst, und sieh, ob du das vordere Zimmer etwas gemütlich machen kannst. Ich habe mir übrigens überlegt, daß es gar nicht so schlimm ist, wenn Herr Buttler morgen kommt; zu essen ist genug da, und mit der Bügelei werden wir auch noch zur rechten Zeit fertig." Mit diesen Worten verschwand sie abermals aus der Küche; denn sie hatte das Bedürfnis, sich in der frischen Luft etwas zu erholen, war es ihr doch in ihrem ganzen Leben noch nicht vorgekommen, daß jemand sie um Verzeihung gebeten hatte.

„Ich hätte das nicht über die Lippen gebracht nach allem, was die Mutter ihr gesagt hat", sagte Dorothea, als sie wieder allein war. „Ich weiß nicht, was für eine sonderbare Frau Ludwig hat, aber lieb muß man sie haben!"

12. Vorbereitung

Nachdem Luise im Wohnzimmer gründlich gekehrt und den Staub gewischt hatte, überlegte sie, wie weit sie, ohne Anstoß zu erregen, Änderungen vornehmen dürfe. Um es einigermaßen gemütlich zu machen, hätte sie jedem einzelnen Möbel einen anderen Platz anweisen müssen. Während sie noch sinnend dastand, kam ihr Mutter Morgan zu Hilfe.

„Die Vorhänge sehen schmählich aus", sagte sie, „ich habe längst schon neue kaufen wollen, aber wie es so geht, was nicht unbedingt nötig ist, verschiebt man von einem Tag zum andern."

„Ich freue mich sogar, daß du noch keine angeschafft hast", wandte Luise lebhaft ein; „denn ich habe in meinem Koffer ganz neue Vorhänge für zwei Kreuzstöcke liegen, die mir meine Mutter für mein Zimmer mitgegeben hat. Für unsere Fenster oben sind sie zu lang; aber für hier werden sie wohl passen. Darf ich sie herunterbringen?"

Frau Morgans Stolz sträubte sich dagegen, von ihrer Schwiegertochter etwas anzunehmen, und doch wußte sie nicht recht, wie sie das herzliche Anerbieten ablehnen sollte.

„Behalte deine Sachen nur für dich; ich kann mir gut Vorhänge aus der Stadt kommen lassen", sagte sie endlich.

„O tue mir den Gefallen und lasse mich die meinigen herunterholen; ich werde dann dadurch immer an daheim erinnert. Wenn ich nicht irre, passen sie prächtig zum Teppich." Kurz, Luise verstand die Sache so hinzustellen, daß Frau Morgan das Gefühl hatte, als ob sie ihrer Schwiegertochter schließlich einen Gefallen tue, wenn sie die Vorhänge annahm.

„Es ist zu schade, daß man heutzutage nicht mehr solch

große bequeme Sofas macht, wie dieses hier ist", plauderte Luise weiter. „Ich kann mir doch nichts Gemütlicheres denken, wie wenn das schöne, altertümliche Sofa abends ans Kaminfeuer gerückt wird! Am allerbesten gefällt mir aber der schöne geschnitzte Tisch. Ist es möglich, daß er ganz aus Mahagoni ist? Jedenfalls muß er schon sehr alt sein."

„Ja, das ist er", entgegnete Frau Morgan mit sichtlicher Befriedigung. „Er stammt aus der Jugendzeit meiner Mutter, die ihn von ihrem Vater als Hochzeitsgeschenk erhalten hat. Meine Mutter hat ihn hoch in Ehren gehalten und ihn oft eine halbe Stunde lang mit einem seidenen Tuch gerieben, bis er blank war. Hier in der Nachbarschaft gibt's jedenfalls keinen zweiten so alten und wertvollen Tisch."

„Das mußt du meiner Schwester Stella erzählen, wenn sie hierher kommt", sagt Luise eifrig. „Sie hat eine ganz besondere Vorliebe für alte Sachen und kann stundenlang zuhören, wenn sie etwas von den früheren Besitzern derselben erfahren kann. Ist deine Mutter schon lange tot?"

„Ich war in Dorotheas Alter, als sie starb. Ihr zuliebe habe ich den Tisch immer besonders geschätzt, und ich hätte ihn später gern Dorothea geschenkt; aber ihr liegt nichts daran. Sie findet ihn abscheulich und möchte ihn je eher je lieber in die Rumpelkammer stellen. Deine Schwester muß anders geartet sein als die jungen Mädchen heutzutage, wenn sie Freude an alten Dingen hat."

„Das kommt wohl daher, weil unsere Großmutter erst vor kurzem gestorben ist und wir sie sehr liebgehabt haben. Natürlich hat sie uns viel von früheren Zeiten erzählt und uns dadurch die Vergangenheit liebgemacht. Meine Mutter sagt, gewöhnlich lernt man den Wert der früheren Zeit erst schätzen, wenn man selbst alt ist und weiße Haare hat."

„Das ist wahr!" stimmte Frau Morgan aus innerster Überzeugung zu, während Dorothea ihre Schwägerin mit großen Augen ansah. Wie greulich waren ihr diese alten Möbel bisher vorgekommen, und nun fand die feine Stadtdame Gefallen an ihnen! Sie traute ihren Ohren kaum, und doch trug alles, was Luise sagte, so sehr den Stempel der Wahrheit, daß ihr gar nicht der Gedanke kam, daß Luise anders sprechen würde, als sie dachte. Und das konnte die junge Frau auch tatsächlich nicht; lieber hätte sie den Mund nicht aufgemacht, als ihren Herrn und Meister durch unwahre Redensarten zu betrüben.

„Glaubst du, Mutter, daß Hans Zeit hätte, mir beim Aufhängen der Bilder zu helfen?“ fragte Luise weiter.

„Hans!“ wiederholte Frau Morgan erstaunt. „Wie kommst du nur auf den Gedanken, daß er dir helfen soll? Der Vater würde ihn schon hereinlassen, aber ich glaube schwerlich, daß Hans sich zu irgendwelchem Dienste bereitfindet.“

„Das bezweifle ich gar nicht“, versetzte Luise fröhlich; „denn er hat es mir versprochen. Er hat übrigens meine Einladung des Pfarrers unterstützt, und es ist darum nicht mehr als billig, daß er sich auch an den Vorbereitungen beteiligt.“

„Versuchen kannst du es; soviel ich weiß, arbeitet er in der Scheune, und dem Vater will ich es schon sagen, daß wir ihn im Hause brauchen. Sieh, daß du das Zimmer ein wenig gemütlich machst! Meinetwegen darfst du alle Möbel umstellen, wie es dir gefällt.“

Nach diesen inhaltsschweren Worten verließ Frau Morgan das Zimmer. Luisens demütige Abbitte hatte ungeahnte Früchte gebracht, und dazu kam noch, daß es der Mutter innerlich wohltat, wenn sich jemand ihres Sorgenkindes annahm. Welche Beruhigung wäre es ihr, wenn Hans sich dazu verstände, gerade am Dienstag abend zu Hause zu bleiben, an dem sich seine liederlichen Freunde regelmäßig im Wirtshaus versammelten! Sie ließ sich ja nicht anmerken, wieviel Sorge sie sich um ihren jüngsten Sohn machte; aber ihr Schmerz war deshalb nur um so bitterer, weil sie allein damit fertig werden wollte. Manchmal wäre es ganz gut, wenn wir sehen könnten, was im innersten Herzen eines nach außen so kalt scheinenden Menschen vor sich geht; wir würden oft ein ganz anderes Urteil über unsere Nächsten gewinnen. Zu Frau Morgans nicht geringer Verwunderung folgte Hans dem ersten Ruf seiner Schwägerin, wenn er auch nicht unterlassen konnte, in mürrischem Ton zu bemerken: „Warum rufst du denn nicht Ludwig, wenn du etwas getan haben willst?“

Hatte Luise dies tatsächlich nicht gehört, oder wollte sie die unfreundliche Rede mit Stillschweigen übergehen? Jedenfalls empfing sie ihn sofort mit der Frage: „Kannst du Nägel gerade einschlagen, Hans? Ludwig ist nicht imstande, einen Nagel vernünftig festzuschlagen; gewöhnlich klopft er sie alle krumm.“

„Das wäre noch schöner, wenn ich keinen Nagel gerade einschlagen könnte“, antwortete Hans etwas verächtlich; „und ich war auf keiner hohen Schule.“

„Ich auch nicht, und doch kann ich es; nur bin ich nicht groß genug, um so hoch an die Wand hinauflangen zu können.“

Ohne ein weiteres Wort zu verlieren, holte Hans einen alten Stuhl herbei, stellte sich darauf und machte sich an die Arbeit. Mit großer Genauigkeit maß er mit den Augen ab, damit die verschiedenen Bilder nicht zu hoch und nicht zu tief hingen, und Luise sprach so herzlich ihre Bewunderung über sein vorzügliches Augenmaß aus, daß das Gesicht des jungen Mannes sich mehr und mehr aufhellte.

„Wer ist dies?“ fragte er plötzlich, als sie ihm ein liebliches Mädchenbild reichte. „Das ist meine Schwester Stella“, entgegnete Luise mit einem gewissen Stolz. „Nicht wahr, sie ist hübsch? Im Frühjahr wird sie mich wahrscheinlich besuchen, und ich hoffe, daß ihr beide recht gute Freunde werdet.“

„Ich?“

„Ja du; sie interessiert sich für alles, und es gibt hier auf dem Land eine Menge Dinge, von denen sie bis jetzt keine blasse Ahnung hat. Ich rechne dabei auf dich, daß du ihrer Unwissenheit zu Hilfe kommst und ihr alles Schöne erklärst.“

Ohne zu antworten hing Hans das Bild an die Wand und betrachtete es dann lange. Unwillkürlich fragte er sich, was seiner Schwägerin wohl einfiel, daß sie meinte, er könne diesem entzückenden Geschöpf irgendwie helfen.

Und doch meinte Luise es vollkommen ernst, sie hatte das Gefühl, als ob die beiden sich gegenseitig von großem Nutzen sein könnten; Stella konnte durch ihr sonniges Wesen den griesgrämigen Hans beeinflussen, und selbst Hans konnte auf mancherlei Weise einen heilsamen Einfluß auf Stella ausüben. Die kluge Frau hatte sich schweren Herzens von dem Bilde ihrer Schwester getrennt; aber sie tat es in der bestimmten Hoffnung, daß dasselbe auf ihren Schwager Eindruck machen werde, und darin hatte sie sich nicht getäuscht. Auch die anderen Bilder waren sorgfältig ausgewählt worden und sollten einen bestimmten Zweck erfüllen. Unter anderem stellte ein Bild eine große goldgeränderte Bibel dar, und ringsherum standen die Worte: „Solches habe ich euch geschrieben, die ihr glaubet an den Namen Gottes“, darunter war in kleinerer Schrift zu lesen: „auf daß ihr das ewige Leben habt durch den Glauben an den Namen seines Sohnes.“

„Stella hat dieses Bild gestickt", sagte Luise beiläufig. „Ist es nicht hübsch?"

„Ich denke; aber ich verstehe mich nicht darauf, was hübsch und was nicht hübsch ist."

„O doch; du weißt ganz genau, ob etwas hübsch ist, so gut wie jeder andere Mensch. Aber ich wollte dich noch etwas anderes fragen. Was ist das für eine gesellige Zusammenkunft, die für kommenden Freitag verkündigt worden ist? Ist sie weit von hier?"

„Nein; ungefähr eine Stunde."

„So; dann können wir hinlaufen, nicht wahr? Ich bin nicht schlecht zu Fuß, und wenn der Mond scheint, muß es hübsch sein, zu gehen, als zu fahren."

Fast wäre der Stuhl umgefallen, so heftig wandte sich Hans seiner Schwägerin zu und sagte: „Wir gehen nie zu diesen Zusammenkünften."

„Warum nicht?"

„Nun, weil wir keine Lust haben."

„Sind sie denn nicht unterhaltend?"

„Das weiß ich nicht, denn wir sind noch nie hingegangen. Die Eltern können derlei Unterhaltungen, wie so viele andere Dinge, nicht leiden."

„Warum können sie sie nicht leiden?"

„Aus verschiedenen Gründen. Schon weil bei denselben viel Staat gemacht wird, und Mutter ist doch der Ansicht, daß man das ganze Jahr hindurch ein und dasselbe dauerhafte Kleid tragen sollte. Überdies wird bei diesen Zusammenkünften getanzt, und die Eltern meinen, daß das Tanzen die Sünde sei, von der es in der Bibel heißt, daß sie nicht vergeben werden könne."

„Ist es wirklich wahr, daß dort getanzt wird?"

„Ja", erwiderte Hans etwas spöttisch; „wenigstens erzählt

man es sich. Nicht wahr, jetzt kehrst auch du voll Entrüstung solchen Unterhaltungsabenden den Rücken?"

„Tanzt Herr Buttler auch?"

„Darüber lauten die Berichte verschieden. Die einen sagen, daß er mit dem jungen Volk tanzt, ehe die Älteren kommen, und die anderen sagen, daß er lediglich den bewundernden Zuschauer spielt. Ich weiß nun nicht, zu welcher Klasse Sünder er eigentlich gehört. Hältst du das Tanzen auch für Sünde?"

„Mir scheint, daß dieses Bild schief hängt", bemerkte Luise, indem sie die Frage ihres Schwagers unbeantwortet ließ; „ich denke, es sollte etwas mehr nach rechts gerückt werden. Sieh dir das Bild genauer an und sage, wie es dir gefällt. Ludwig kann sich nicht dafür erwärmen; aber ich zähle es zu meinen Lieblingsbildern. Was nun den Unterhaltungsabend betrifft, so meine ich, daß wir, du, Ludwig, Dorothea und ich, am nächsten Freitag uns die Sache einmal ansehen sollten."

„Du hast meine Frage nicht beantwortet", wandte Hans ein.

„Welche Frage? Betreffs des Tanzens? Diese Frage läßt sich schneller stellen als beantworten; sie hängt so eng mit anderen Fragen und Antworten zusammen, daß wir heute nicht mehr zum Vorhängeaufmachen kommen würden. Erlaube mir nun eine Gegenfrage: Erwartest du, daß ich das Tanzen billige?"

„Nein."

„Und warum nicht?"

„Nun, weil – weil es gar nicht zu euch Frommen paßt."

„Kennst du keine Frommen, die darüber anders denken?"

„Doch, aber es sind solche, die mir mehr wie Zerrbilder vorkommen."

„So bist du also der Ansicht, daß wahrhaft fromme Leute das Tanzen nicht billigen sollten?"

„Das habe ich nicht gesagt", entgegnete Hans erregt; da ihm bei der Sache aber offenbar nicht ganz wohl war, sagte er mit bedeutungsvollem Lächeln: „Ich denke, wir sollten jetzt die Vorhänge aufmachen."

13. Der Besuch des Geistlichen

Als Dorothea sich am Abend das Wohnzimmer besah, war eine solche Änderung mit demselben vorgegangen, daß sie ihren Augen nicht traute. War es wirklich dasselbe Zimmer, das ihr sonst als der Inbegriff alles Häßlichen und Ungemütlichen erschienen war? Und was für Zauberkünfte hatte die junge Schwägerin angewandt? Nichts weiter, als daß sie da einen Stuhl bequem hingestellt, dort das Kanapee in die richtige Ecke geschoben und bald da, bald dort ein niedliches Deckchen angebracht hatte, teils um eine schadhafte Stelle auf den Polstermöbeln zu bedecken, teils nur, um es recht behaglich zu machen. Wie kamen da all die reizenden Schutzdeckchen zur Geltung, die Stella seinerzeit mit solcher Geringschätzung betrachtet hatte! An den Wänden waren hübsche Bilder und Bibelsprüche angebracht, dazwischen ein Eckbrettchen oder dergleichen. Am vorteilhaftesten wirkten wohl die schönen Wollvorhänge, die mit ihren gefälligen Falten manch Unschönes verbargen. Auf dem geschnitzten Tisch lagen einige hübsch gebundene Bücher mit nicht weniger anziehendem Inhalt, und auf einem Seitentischchen, das Luise aus ihrem Zimmer geholt hatte, prangte eine selbstgezogene Hyazinthe. Das helle Kaminfeuer verbreitete nicht nur angenehme Wärme, sondern trug mit seinem matten Licht nicht wenig zur Gemütlichkeit bei. Aber Luise hatte sich nicht damit begnügt, ihren guten Geschmack und ihre Geschicklichkeit walten zu lassen. O nein! Sie hatte noch mehr getan. Mitten unter aller Arbeit besprach sie sich mit ihrem Herrn und Meister und bat ihn um seinen Segen zu ihren Bemühungen; war es ihr doch vor allem darum zu tun, ihm Seelen zuzuführen. Wie lagen ihr ganz besonders die Seelen ihres Schwagers und ihrer Schwägerin am Herzen, und welch segensreichen Einfluß erhoffte sie von diesem ersten Besuch des Pastors!

„Ich verspreche mir nicht viel von diesem Besuch“, sagte Ludwig kühl, als seine Frau ihn bat, mit ihr gemeinsam des Herrn besonderen Segen für diesen Abend zu erflehen. „Was erwartest du eigentlich so Besonderes? Ich wette, daß herzlich wenig dabei herauskommt. Das Abendessen wird ziemlich gerade so verlaufen, wie an jedem andern Tag, höchstens daß es durch die Anwesenheit des Fremden noch etwas steifer und ungemütlicher sein wird als sonst.“

„Und erwartest du nicht, daß der erste Besuch des Geistlichen einen segensreichen Eindruck auf uns alle, aber ganz besonders auf Hans und Dorothea machen wird?“

„Vielleicht beurteile ich Herrn Buttler zu hart“, entgegnete Ludwig; „aber mir macht er nicht den Eindruck, als ob ihm das Seelenheil seiner Gemeindeglieder besonders am Herzen liege. Er scheint nicht das Maß heiligen Ernstes zu haben, das man von einem Geistlichen verlangt.“

„Was für ein Maß heiligen Ernstes verlangst du von einem Pfarrer?“ fragte Luise.

„Jedenfalls mehr, als dieser junge Mann hat“, erklärte Ludwig kurz. „Es scheint, daß meine Frau meint, jeder Geistliche sei schon von Amts wegen ein vollkommener Mensch. Glaubst du nicht, daß er mit denselben Sünden und Leidenschaften zu kämpfen hat wie unsereins?“

„Ich glaube das natürlich; aber nach deinen vorigen Worten zu schließen, mußt du darüber anders denken“, entgegnete Luise. „Ich habe mich soeben gefragt, wieviel ernster es ein Geistlicher nehmen muß als z. B. du oder ich?“

„Die Kirche stellt doch sicherlich in dieser Beziehung

höhere Ansprüche an ihn als an uns“, bemerkte Ludwig etwas vorsichtig; denn er merkte wohl, daß er sich auf gefährlichem Boden befand.

„Mag sein, daß die Kirche höhere Ansprüche an ihn stellt, aber doch sicherlich nicht unser Heiland. Ich habe schon Leute sprechen hören, als ob für die Geistlichen ganz andere Gesetze beständen als für die übrigen Christen. Und doch muß auch er sich nach derselben Bibel richten und sich von demselben Heiligen Geist leiten lassen wie wir. Aber ich möchte dich noch etwas anderes fragen. Du sagtest vorhin, daß du nicht viel von diesem Besuch erwartest. Glaubst du nicht, daß derselbe auf jedes Glied unserer Familie den einen oder anderen Eindruck machen wird, entweder zugunsten oder zuungunsten des Glaubens? Jemand, der in solch naher Beziehung zur Kirche und zu den Gebetsstunden steht, muß unwillkürlich einen besonderen Einfluß ausüben.“

„So habe ich also eigentlich doch recht, daß ein Geistlicher auf seine Gemeindeglieder einen ganz anderen Einfluß hat, als wir Laien haben“, sagte Ludwig; „denn du mußt doch zugeben, mein Herz, daß wir gut in eine Gesellschaft gehen können, ohne auf die religiösen Ansichten unserer Umgebung irgendwelchen Eindruck zu machen.“ Luise schüttelte den Kopf. „Dem Geistlichen mag es durch seine Stellung leichter werden; aber ich halte es nicht für richtig, wenn ein Diener des gleichen Herrn oder doch mit solchen, die es sein sollten, zusammen ist, ohne für seinen Herrn in bestimmter Weise Zeugnis abzulegen.“

„Von diesem Gesichtspunkt aus habe ich noch nie die geselligen Zusammenkünfte betrachtet“, versetzte Ludwig ernst. „Aber nun lebe wohl, mein Herz, der Vater wartet gewiß schon lange auf mich.“

Um die Bewirtung des Gastes brauchte Luise sich nicht zu kümmern; sie wußte, daß ihre Schwiegermutter aufs beste sorgen würde, daß gut zubereitet war, was auf den Tisch kam, und daß alles tadellos sauber war. Aber es war ihr durchaus nicht einerlei, wie Dorothea sich für den Abend anzog. Gerade als sie die Treppe hinuntergehen wollte, sah sie durch des jungen Mädchens halboffene Türe, wie dieses einen roten Schlips umband, der sie so unvorteilhaft wie nur möglich kleidete.

„Glaubst du nicht, daß es hübsch wäre, wenn du etwas duftige Spitze in dein Kleid einreihtest", wagte Luise vorzuschlagen.

„Ich weiß es wohl", entgegnete Dorothea und riß heftig den bewußten Schlips herunter, „aber ich habe keine. Ich kann diesen Schlips nicht ausstehen. Mutter hat ihn mir auf dem letzten Jahrmarkt gekauft, bloß weil er billig war, und das ist auch sein einziger Vorzug."

„Warte, ich hole dir etwas Spitze ... sie ist ganz billig, billiger als der Schlips, und überdies läßt sie sich waschen wie ein leinener Kragen."

Dies war wieder für Dorothea eine ganz neue Offenbarung; denn ihrer Meinung nach mußte alles, was hübsch war, auch unbezahlbar teuer sein.

Während Luise die Spitze in das Kleid einreihte, betete sie inbrünstig zu Gott.

Ach was! sagst du; man wird doch nicht wegen einer Spitze beten! Und warum nicht, lieber Leser? Wenn du Spitze tragen darfst, dann darfst du auch über sie mit dem himmlischen Vater reden, der die Lilien kleidet und die Haare auf deinem Haupt zählt. Ja, Luise betete, daß die Spitze dazu beitragen möge, Dorotheas Selbstgefühl etwas zu heben und dadurch ein wirksames Mittel gegen die entsetzliche Schüchternheit werde, die der Teufel so gut auszubeuten verstand.

Während man im Haus Morgan dem drohenden Gast mit sehr geteilten Gefühlen entgegensah, konnte sich auch Herr Buttler eines gewissen Unbehagens nicht erwehren. Er hatte von der Unzugänglichkeit der Familie gehört, und was er von Herrn Morgan und selbst von Ludwig gesehen hatte, war so wenig ermutigend, daß er sich nicht viel von dem Abend versprach; nur zu der sanften liebenswürdigen Fremden fühlte er sich hingezogen. Aber alle seine trüben Vorahnungen sollten sich nicht erfüllen.

Wenn auch Frau Morgan sich wie gewöhnlich in steife Zurückhaltung hüllte, so merkte man doch ihrer Begrüßung an, daß der Fremde ihr wirklich willkommen war, und selbst Dorothea schien ihre peinliche Schüchternheit etwas abgeschüttelt zu haben und war natürlicher, als man erwartet hätte. Die liebliche, blonde Nellie aber eroberte sofort das Herz des jungen Geistlichen. Es dauerte nicht lange, so saß sie auf dessen Schoß, und damit war auch Herr Morgan gewonnen; Nellie war nämlich sein besonderer Liebling, und wer der Kleinen eine Freundlichkeit erwies, durfte bestimmt auf das Wohlwollen des sonst so abweisenden Vaters rechnen. Als Luise vor dem Abendessen einen Augenblick mit Herrn Buttler allein im Wohnzimmer war, ergriff sie die Gelegenheit, um ihm einen flüchtigen Einblick in die Verhältnisse zu geben.

„Mein Mann und ich sind die einzigen im Haus, die den Heiland kennen, und wir rechnen auf Ihre Hilfe, Herr Pastor, um meinen Schwager und meine Schwägerin für den Herrn zu gewinnen. Haben Sie unter den jüngeren Gliedern Ihrer Gemeinde entschiedene Christen?“

„Leider kann ich Ihnen keine befriedigende Antwort

geben", entgegnete Herr Buttler etwas zögernd. „Es ist entsetzlich schwer, den jungen Leuten beizukommen; sie scheinen für alles andere mehr Sinn zu haben als für die Religion. So kommt es, daß kaum einer in der ganzen Gemeinde ist, den ich mit gutem Gewissen einen entschiedenen Christen nennen könnte, und ich weiß nicht, was ich tun soll."

„Wenigstens meint er es ernst", dachte sich Luise, „und dann wird der Herr ihm sicherlich einen Weg zeigen." Ehe sie aber das Gespräch weiterführen konnte, wurden sie zum Abendessen gerufen. Zu Luisens großer Freude und Erleichterung hatte sich auch Hans im Sonntagsstaat und mit gebürsteten Haaren eingefunden. Ehe man es sich versah, war alsbald unter den Herren eine lebhafte politische Unterhaltung im Gange, an der sich selbst Hans eifrig beteiligte, ja es traf sich sogar, daß er dieselbe Ansicht wie Herr Buttler vertrat, während Vater Morgan und Ludwig einen anderen Standpunkt behaupteten. Luise schien aufmerksam zuzuhören, dabei aber entging ihr nicht, mit welch augenscheinlicher Zufriedenheit die Eltern ihren jüngsten Sohn zum ersten Mal ein selbständiges Urteil aussprechen hörten. Später wurde die Unterhaltung allgemeiner, und die Zeit verging wie im Flug, und alle waren sichtlich befriedigt von dem gemütlichen Zusammensein.

„Eins nur tut mir leid", sagte Luise, als sie zur Ruhe gingen, zu ihrem Mann; „ich habe so gehofft, daß er zum Schluß noch einige Verse aus der Bibel lesen und beten werde, und ich bin ganz erstaunt, daß er es nicht angeregt hat."

„Ja, als Geistlicher hätte er es gut tun können", antwortete Ludwig.

„Wenn du ihn nur daran erinnert hättest! Hast du nicht verstanden, weshalb ich dir alle die Zeichen machte?"

„Das wäre meines Vaters Sache gewesen, nicht die meinige.“

14. Die Betstunde

So unglaublich es klingen mag, so machten sich doch am Mittwoch nachmittag die jüngeren Glieder der Familie Morgan auf den Weg, um das Gotteshaus in einen etwas würdigeren Zustand zu versetzen, obwohl Frau Morgan in ihrer schroffen Weise erklärt hatte, sie habe nicht gewußt, daß man ihre Familie zum Küsterdienst gedungen habe. Herr Morgan fand den Plan nicht so übel; er ärgerte sich jedesmal, wie verwahrlost die Kirche aussah, und er würde sich schämen, eine seiner Scheunen in solchem Zustand zu lassen. Hans erklärte unwirsch, da er nun einmal versprochen habe, die Orgel zu ölen, wolle er es auch tun, mochte es nun seines Amtes sein oder nicht.

Im Grunde sah Frau Morgan nicht ohne Befriedigung ihren Kindern nach, wie sie so einträchtig miteinander gingen, gerade wie die Nachbarn es taten. Sie hatte es als ihre Lebensaufgabe angesehen, ihre Kinder abgesondert von ihrer Umgebung zu erziehen, aber weniger um sie ganz von der übrigen Gesellschaft zu trennen, als etwas Besseres aus ihnen zu machen. Nur über eins konnte sie sich nicht beruhigen; sie hatte es als selbstverständlich angesehen, daß alle zum Abendessen wieder zu Hause wären; aber Luise hatte ihr einen Korb Mundvorrat abgebettelt mit der Erklärung, sie würden gleich zur Betstunde dortbleiben.

„Und was soll Hans unterdessen tun?“ hatte sie gereizt gefragt.

„Der geht natürlich mit uns“, hatte Luise so bestimmt geantwortet, als ob darüber gar kein Zweifel wäre. Wenn ihr auch bangte, ob sie ihren Schwager dazu bewegen könnte, so war sie doch fest entschlossen, daß sie keinesfalls zur Betstunde bleiben würde, wenn er nicht blieb. Um keinen Preis würde sie zugeben, daß diese Fahrt ins Dorf vom Teufel benutzt werde, um Hans auf bequeme Weise ins Wirtshaus zu bringen.

In der Kirche hatten alle vollauf zu tun; Dorotheas Zylinder blitzten bald so hell, als ob das junge Mädchen die größte Übung im Zylinderputzen gehabt hätte, Ludwig nagelte die abgerissenen Fransen an der Altarbekleidung fest, Hans machte sich geschäftsmäßig an der Orgel zu schaffen; mit seinem Ölkännchen drang er in jede Fuge, und als das besorgt war, suchte er die verschiedenen zerbrochenen Tasten auszubessern. Luise begnügte sich nicht damit, aufs Sorgfältigste den Staub zu wischen, sondern sie tat noch mehr, sie betete. O wie kindlich einfältig flehte sie zum Herrn, daß er Hans vor dem Wirtshaus bewahren und ihn willig machen möge, mit ihnen in die Betstunde zu gehen!

„Ludwig, kannst du Hans nicht auffordern, daß er der Betstunde beiwohnt?“ fragte Luise ihren Mann leise.

„O Herzchen, auf was für Gedanken kommst du! Wenn du Hans kenntest, würdest du selbst einsehen, daß dies ganz unmöglich ist. Wenn ich etwas sagte, würde er es von vornherein abschlagen. Es ist mir längst zur demütigenden Gewißheit geworden, daß Hans aus Liebe zu mir auch nicht den kleinen Finger rührt.“

Als es anfing, dunkel zu werden, sammelte sich die kleine Gesellschaft fröhlich um den mitgebrachten Mundvorrat, der nach der ermüdenden Arbeit herrlich schmeckte.

„Bis jetzt habe ich nie anderes gehört, als daß man ein Picknick im Wald abhält“, bemerkte Hans; „eigentlich hätten wir gerade so gut daheim essen können; denn wir sind meiner Ansicht nach fertig.“

Einen Augenblick überlegte Luise; dann aber sagte sie unbefangen: „Ich denke, wir bleiben zur Betstunde, schon um zu sehen, ob die Lampen hell brennen und ob sich die Orgel nun ordentlich aufführt. Ich bin zu begierig, was für erstaunte Gesichter die Leute machen werden."

Statt zu antworten, ging Hans wieder auf die Orgel und nagelte den altersschwachen Organistenstuhl fest.

„Es ist schmählich, die Kirche so herunterkommen zu lassen", bemerkte Hans, als er sah, daß Luise ihn bei seiner Arbeit beobachtete; „man sieht, wieviel den Leuten an dem Haus gelegen ist!"

Die junge Frau hatte keine Lust, auf dieses Gespräch näher einzugehen. „Warum zündet der Küster die Lampen nur auf der einen Seite an?" fragte sie plötzlich.

„Das weiß ich nicht. Jedenfalls weiß er aus Erfahrung, daß er sich wegen der paar Leute, die kommen, nicht die Mühe zu machen braucht, die ganze Kirche zu erleuchten."

„Ja, das kann ich begreifen", entgegnete Luise; „die Kirche ist für die ganze Gemeinde bestimmt, und von den Landleuten kann man kaum erwarten, daß sie in der Woche den weiten Weg ins Städtchen machen."

„Und doch kommen sie am Samstag scharenweise herein, um ihre Einkäufe zu machen, so daß die Läden bis nach elf Uhr offen bleiben müssen."

„Immerhin wird heute die Zahl der Teilnehmer an der Betstunde um vier Personen gestiegen sein", wandte Luise mutig ein.

Hans warf ihr einen lauernden Blick zu.

„Du denkst doch nicht etwa, daß ich hier bleibe?" fragte er spöttisch.

O wie sank der jungen Frau plötzlich der Mut; sie sah ihren Schwager schon am Schanktisch im Wirtshaus sitzen und Karten spielen, die kummervolle Mutter und den zornigen Vater daheim und Ludwigs ernstes Gesicht! Kein Wunder, daß ihr die Tränen in die Augen stiegen, als sie traurig erwiderte: „Nein, Hans, ich glaube es nicht mehr; aber es tut mir so weh, daß ich kaum ..." Sie konnte nicht weiter sprechen, und als Hans gerade seine Hand nach dem Hammer ausstreckte, fiel eine Träne auf dieselbe. Er betrachtete sie einen Augenblick, dann sagte er ernst: „Warum liegt dir eigentlich so viel daran, ob ich in die Betstunde gehe oder nicht?"

„Es liegt mir mehr daran, als du ahnst", antwortete Luise. „Wie du weißt, habe ich keinen Bruder, und ich kann dir nicht sagen, wie sehr ich mich auf dich gefreut habe, weil ich dachte, wir würden uns recht gut verstehen. Aber ich sehe nun, daß du gar nicht danach fragst, was mir Freude macht."

„Wer sagt dir, daß ich dies nicht tue!" rief Hans sichtlich bewegt und schlug dabei mit aller Macht auf den Nagel, daß er auf einen Hieb fest saß. Luise erwiderte nichts mehr, sondern setzte sich ruhig in den Kirchenstuhl; aber sie jubelte doch innerlich, als Hans sich bald darauf neben sie setzte.

Aber wie ganz anders war die Betstunde, als sie erwartet hatte! Es schien so gar kein Zug in die Versammlung zu kommen; schon als Herr Buttler angab, welches Lied gesungen werden sollte, und bat, es sollte einer der Anwesenden anstimmen, folgte eine lange, peinliche Stille, bis endlich einer der wenigen Zuhörer ängstlich anfing zu singen, während die anderen sich mühselig durch die unbekannte Melodie schleppten. Noch nie im Leben hatte es Luise so leid getan, daß sie nicht singen konnte, und selbst Dorothea war einen Augenblick nahe daran, mit ihrer vollen, schönen Stimme die anderen mit sich fortzureißen; aber ihre unglückliche Schüchternheit hielt sie wie mit ehernen Ketten zurück. Es ist nicht nötig, diese Betstunde genauer zu beschreiben; es gibt deren ja zu Dutzenden, die dem Herrn bestimmt nicht wohlgefallen können; da ist von keinem fröhlichen Auftun des Mundes zum Lobe Gottes und zur Verherrlichung seines Namens die Rede, sondern die ganze Betstunde ist eine Qual sowohl für den Leiter als für die übrigen Teilnehmer. Wie war es möglich, daß derselbe Herr Buttler, der den Abend vorher so anregend war, nun so ledern und träge die herrlichen Worte des Herrn: „Bittet, so wird euch gegeben" auslegen konnte; auf diese Weise war es ja natürlich, daß die Gemeinde tot blieb und sich nicht um die Kirche kümmerte. Nun verstand Luise ihren Mann, weshalb er sich so wenig Gewinn aus der Betstunde für seine Geschwister versprach. Was Herr Buttler sagte, war gut und schön; aber man hatte das Gefühl, als ob er eine auswendig gelernte Lektion vortrage; kein Mensch konnte ihm abfühlen, daß er aus eigener, innerster Erfahrung sprach. Hatte er wirklich persönlich erlebt, worüber er redete? Hatte er schon einmal den Herrn recht inbrünstig um Seelen aus der Gemeinde gebeten, und was war ihm für eine Antwort geworden? Und wenn dieselbe ausgeblieben war, hatte er nachgeforscht, weshalb der Herr sich nicht zu ihm bekannte? Solche Gedanken bewegten Luisens Seele, während Hans und Dorothea auch nicht bei der Sache waren. Das junge Mädchen wagte nicht an den Worten der Bibel zu zweifeln, aber sie dachte sich, sie müßten jedenfalls eine andere Bedeutung haben. Wenn sie wirklich bedeuteten, was sie ausdrückten, dann würde sie um eine ganze Menge bitten, sagte sie sich; aber so war es nicht der Mühe wert, zuzuhören. Und Hans glaubte nicht ein Wort, weder von dem, was der Pastor aus der Bibel vorgelesen, noch von dem, was er gesprochen hatte, ja er war der Überzeugung, daß der Pastor selbst es nicht glaubte. Das war das Ergebnis dieser ersten Betstunde.

15. Gelegenheiten

Herr und Frau Morgan hatten beide eine entschiedene Abneigung gegen die sogenannten „geselligen Zusammenkünfte der Gemeindeglieder“, obwohl sie denselben eigentlich fernstanden, da ihre Kinder nie Lust gezeigt hatten, sich dabei zu beteiligen. Hans hatte schon in der Schule seine Freunde in einem Kreis gesucht, der sowohl in gesellschaftlicher als in sittlicher Beziehung durchaus nicht einwandfrei war, und Dorothea war der bloße Gedanke, allein zu fremden Leuten gehen zu sollen, unerträglich. Nun aber zeigte Luise auf einmal ein reges Interesse für diese Zusammenkünfte, und sie mußte keine geringen Schwierigkeiten selbst von seiten ihres Mannes überwinden, ehe sie ihren wohlüberlegten Plan zur Ausführung bringen konnte.

„Ich kann mich nicht mit dem Gedanken befreunden, daß wir alle gehen sollen“, sagte Ludwig, als seine Frau die Sache mit ihm besprach. Hans wird sich von vornherein nicht ins Schlepptau nehmen lassen, und Dorothea wird durch ihre dumme Schüchternheit auch keinen Genuß von dem Abend haben. Nach meinem Dafürhalten wäre es angezeigter, wenn wir beide das erste Mal allein gingen und erst selbst ein bißchen bekannt würden; dann könnten wir uns ein anderes Mal Dorotheas besser annehmen.“

„Ich glaube bestimmt, daß Hans uns begleiten wird“, entgegnete Luise ernst; „ich habe gewiß nicht umsonst so viel für ihn gebetet. Manchmal will es mir scheinen, lieber Ludwig, als ob du denkst, es nütze nichts, den Herrn auch um die geringfügigsten alltäglichen Dinge zu bitten, und doch zeigt uns der Herr so deutlich, daß vor ihm gar nichts gering ist; wir brauchen uns nur an seine Fürsorge für die Lilien auf dem Feld zu erinnern."

„Offen gestanden kann ich dich in dieser Beziehung nicht immer ganz verstehen", erklärte Ludwig. „Ich konnte z. B. mit dem besten Willen dem neulichen Besuch des Pastors keine besondere Bedeutung geben, und ebensowenig verspreche ich mir, wenn Hans uns heute begleitet."

„Aber siehst du denn nicht, wie wichtig es ist, Hans in eine andere Umgebung zu bringen, wenn wir haben wollen, daß er seine alten Freunde fahren läßt. Wir müssen ihm doch einen Ersatz bieten!"

Ludwig mußte zugeben, daß seine Frau in diesem wie in vielem anderen recht hatte; aber Luise hatte doch das Gefühl, daß es ihm ziemlich einerlei war, ob Hans heute abend mitging oder daheim blieb. Trotzdem ließ sie sich nicht irremachen und sann unentwegt auf ein Mittel, um Hans zu gewinnen. Was sie sich auf den Knien vom Herrn erbeten hatte, das traf auch ein, noch dazu in einer Weise, die sie nicht wenig überraschte. Sie traute ihren Ohren kaum, als Hans die Frage an sie richtete: „Bleibt es dabei, daß du heute abend lieber gehen willst?"

„Wohin denn?" fragte die Mutter erstaunt.

„Zur geselligen Zusammenkunft!" antwortete Luise prompt; „bei dem herrlichen Wetter wäre es jammerschade zu fahren, und ich brenne darauf, euch zu zeigen, wie gut ich zu Fuß bin."

„Ihr hättet auch etwas Vernünftigeres zu tun, als diesen Unsinn zu unterstützen!" brummte Herr Morgan. „Ich gehöre nicht zu den Frommen, aber meiner Ansicht nach ist es höchst unpassend, wenn von der Kirche aus das Tanzen und Staatmachen nicht nur nicht getadelt, sondern sogar gefördert wird."

„Wenn dem wirklich so ist, liegt der Fehler vielleicht zum großen Teil daran, daß die Andersdenkenden sich zurückziehen und dem Teufel das Feld somit allein überlassen", bemerkte Luise.

„Nun, der Pfarrer soll ja niemals fehlen", sagte Vater Morgan spöttisch.

„Und sich dabei am allerbesten unterhalten", ergänzte Frau Morgan, in deren Gesicht nur zu deutlich geschrieben stand, daß Dorothea auf alle Fälle zu Hause bleiben müsse.

„Jedenfalls gehen wir heute abend hin, um uns die Sache einmal anzusehen", erklärte Hans. „Wir gehen und damit Punktum!"

So sehr sich Luise einerseits über ihren Schwager freute, so konnte sie doch nicht die unehrerbietige Art billigen, in der er mit seiner Mutter sprach.

„Wenn Mutter wirklich dagegen ist, werden wir doch wohl nicht gehen, nicht wahr, Hans!" sagte sie schelmisch, „Ludwig würde so wenig wie ich gegen ihren Willen handeln wollen."

Zum Erstaunen aller war aber Frau Morgan mit einem Mal ganz anderer Ansicht. Sobald sie merkte, daß Hans gesonnen war, seine Geschwister zu begleiten, war ihr Widerstand gebrochen. So zuwider ihr die bewußten Zusammenkünfte waren, so zog sie dieselben doch bei weitem Hansens sonstigen Vergnügungen vor.

„Ich will niemand zurückhalten, dem es Spaß macht", sagte sie; „schließlich könnt ihr nichts dafür, wenn diese Abende nicht so sind, wie sie sein sollten."

Somit waren alle Hindernisse auf ungeahnte Weise aus dem Wege geräumt, und die vier Geschwister machten sich gegen Abend auf, um den Ort der Zusammenkunft zur rechten Zeit zu erreichen.

Luise war der Meinung gewesen, daß die Häuser der Nachbarschaft mehr oder minder alle dem Hause ihrer Schwiegereltern glichen, und war darum nicht wenig überrascht, als ihr Mann sie in ein hübsches, fast vornehm aussehendes Landhaus führte. Die hellen geräumigen Zimmer waren geradezu geschmackvoll eingerichtet, und es fehlte keines jener kleinen Dinge, die an und für sich ganz unbedeutend sind, aber doch den Räumen das Gepräge der Gemütlichkeit geben, hier ein hübsches Deckchen oder eine niedliche Blumenvase, dort irgendein Andenken an eine Reise oder eine Mappe mit wertvollen Bildern. Die bereits anwesenden Gäste unterhielten sich lebhaft und begrüßten die Neuankommenden aufs freundlichste; offenbar waren alle sehr gespannt, die Bekanntschaft der jungen Frau Morgan zu machen. Luise lag hingegen weniger daran, sich selbst zu unterhalten, als es Dorothea heimisch zu machen und ihren Schwager im Auge zu behalten, damit dieser sich nicht langweile; sie suchte darum, vor allem mit solchen bekannt zu werden, die ihr vorkamen, als ob sie ihr in ihren bestimmten Plänen dienen könnten. Allerdings schien ihr der herrschende Ton etwas allzu ungezwungen und die Kleidung der Mädchen zu auffallend für eine kirchliche Vereinigung; aber noch sah sie keinerlei Anzeichen, daß getanzt werden sollte. Der junge Pastor stand längere Zeit in eifrigem Gespräch mit einer Anzahl junger Leute, die ihm heute jedenfalls mit sichtlicher Befriedigung zuhörten. Offenbar verstand er es hier besser als in der Kirche, sie zu fesseln.

Sobald es angängig war, begrüßte Herr Buttler die junge Frau und drückte seine Freude aus, sie hier zu sehen. „Wir rechnen Ihnen Ihr Kommen um so höher an, als wir es leider alle an Zuvorkommenheit ihnen gegenüber haben fehlen lassen“, sagte er. „Ich weiß nicht recht, wie sich unter uns die

Ansicht verbreitet hat, daß Sie keinen Verkehr wünschten; aber jetzt werden die Damen Sie sicherlich bald aufsuchen."

„Warum sollte ich mich nicht über den Besuch der Nachbarn freuen?" fragte Luise verwundert. „Gehören diese jungen Leute alle zu Ihrer Gemeinde, und wo waren sie am vorigen Mittwoch während der Betstunde?"

„Das weiß ich nicht", antwortete der Geistliche ernst; „jedenfalls gehen sie überall eher hin als in die Betstunde. Der Grund mag wohl auch darin liegen, daß die Leute schwer am Abend so spät noch vom Lande herein können."

„Zum Unterhaltungsabend können sie aber, wie es scheint, doch kommen?"

„O, das ist etwas anderes; wo es gilt, sich zu unterhalten, ist kein Weg zu beschwerlich und keine Nacht zu dunkel."

„Dann ist es jammerschade, daß man die Betstunden nicht auch anziehend machen kann", versetzte Luise.

Herr Buttler lachte anfangs; dann aber wurde er plötzlich ernst.

„Sie wissen doch wohl auch kein Mittel", sagte er, „wie man denen, die Jesus noch nicht liebhaben, Lust machen könnte, in die Betstunde zu kommen."

„Für diese Klasse wohl nicht, wiewohl es sicher auch Mittel gibt, um diese zu gewinnen; aber einige dieser jungen Leute hier gehören dem Heiland doch wohl schon, oder nicht?"

Der Geistliche schüttelte bekümmert den Kopf. „Nur sehr wenige", antwortete er. „Ich kenne kaum eine Gemeinde, die in religiöser Beziehung so gleichgültig ist wie diese. Die Jugend besonders beteiligt sich eigentlich nur an dieser geselligen Zusammenkunft, und sonst komme ich kaum je mit ihnen in Berührung."

„Dann kann ich mir wohl denken, wie Sie diese Gelegenheit auskaufen müssen, Herr Buttler. Ist es unbescheiden, wenn ich Sie bitte, mir zu sagen, wie Sie es anfangen, um dem jungen Völkchen nahezukommen?"

Was sollte der Geistliche antworten? Er schämte sich im tiefsten Grund seines Herzens, daß offenbar die Seele seiner Gemeinde der jungen Frau viel mehr am Herzen lag als ihm selbst.

„Offen gestanden fange ich gar nichts mit den jungen Leuten an, und ich weiß auch gar nicht, wie ich mich dazu anstellen sollte", erklärte er endlich ehrlich.

„Sie müssen sich nicht entmutigen lassen, lieber Herr Buttler, wenn Sie auch nicht sogleich die Frucht Ihrer Arbeit sehen. Wer weiß, ob nicht dieser oder jener gute Same, den Sie in der Stille ausgesät haben, einst herrliche Frucht bringen wird?" erwiderte Luise sanft.

Offenbar dachte die junge Frau, er benütze diese Zusammenkünfte, um den Samen des Wortes Gottes auszustreuen, während er sich in Wirklichkeit alle Mühe gab, den Leuten auf ihrem eigenen Boden zu begegnen und darum mit ihnen von Schlittschuhlaufen, Schlittenfahren und dergleichen plauderte. Aber er war eine zu aufrichtige Natur, um sie bei diesem falschen Glauben zu lassen.

„Sie dürfen mich nicht mißverstehen, Frau Morgan", sagte er; „ich rede tatsächlich nichts mit den jungen Leuten, was sie der Seligkeit näherbringen könnte. Ich kann doch wohl auch nicht mich zu dem einen oder anderen hinstellen und ihm eine Predigt halten, nicht wahr?"

„Dazu wäre hier allerdings nicht der geeignete Platz", versetzte Luise lächelnd; „aber wir Laien dürfen nicht zugeben, daß man das Predigen für das alleinige Mittel hält, um Samen auszustreuen."

„Natürlich spreche ich nicht vom eigentlichen Predigen",

wandte Herr Buttler etwas empfindlich ein; „ich meine, hier kann ich doch unmöglich einen einzelnen aufs Korn nehmen und mit ihm vom Heil seiner Seele reden. Meiner Ansicht nach läge in solchem Vornehmen die große Gefahr, den Fernstehenden das Evangelium zuwider zu machen."

„Ich kann dem nicht ganz beistimmen", sagte Luise. „Wenn ich Ihnen z. B. von einem meiner Freunde redete, den Sie nicht kennen, und ich würde Ihnen erzählen, wie gut und liebenswürdig und hilfsbereit er ist, so würden Sie doch gewiß nicht sagen, daß ich Ihnen ein Vorurteil gegen meinen Freund beigebracht habe. Warum sollten wir mißtrauisch sein, wenn wir von unserem Erlöser reden."

„Aber legen die jungen Leute da nicht einen verschiedenen Maßstab an, und schrecken sie nicht zurück, wenn man mit ihnen von göttlichen Dingen spricht?"

„Doch nur deshalb, weil sie nicht gewöhnt sind, davon sprechen zu hören", erwiderte Luise ernst. „Ich glaube bestimmt, daß ein ganz anderer Erfolg erzielt würde, wenn wir Christen natürlich und unbefangen von unseren Freuden, unseren Hoffnungen und unseren Plänen sprechen würden. Gesetzt, wir stünden mitten unter diesen jungen Leuten und sie würden die Frage an mich richten: „Nun, Frau Morgan, haben Sie heute etwas erfahren, was einen besonderen Eindruck auf Sie gemacht hat?" und ich würde antworten: „Ich habe heute die Erfahrung gemacht, daß unser himmlischer Vater uns viel lieber hat, als ich bisher geahnt habe. Ich habe heute herausgefunden, daß er sagt, er tilge meine Sünden um seinetwillen. Dieses Wort ist mir tatsächlich erst heute so recht klargeworden. Er liebt uns so sehr, daß er um seiner selbst willen vergibt. Was würde wohl gesagt werden, wenn wir in Gegenwart der anderen ein solches Gespräch führten?"

„Sie würden uns für ein paar Schwärmer halten", antwortete Herr Buttler schnell.

„Das würde uns jedenfalls nicht schaden", entgegnete die junge Frau mit leuchtendem Blick und lächelndem Mund. „Aber würden Sie uns für Schwärmer halten? Ich hörte Sie vorhin den jungen Leuten erzählen, daß Professor Proctor eine wissenschaftliche Streitfrage gelöst hat; alle hörten aufmerksam zu und stellten allerlei Fragen, und keiner schien Sie für einen Schwärmer zu halten."

16. Allerlei Fragen

Während Luise sich noch mit Herrn Buttler unterhielt, kam plötzlich Hans auf sie zu und sagte, ohne den Pastor auch nur eines flüchtigen Grußes zu würdigen: „Man will wissen, ob du tanzt?"

„Kannst du diesem ‚man' nicht selbst die Antwort geben?" fragte Luise ihrerseits, während Herr Buttler sichtlich errötete.

„Woher soll ich es denn wissen?" entgegnete der junge Mann mürrisch.

„Du hast mir ja erst vor ein paar Tagen selbst gesagt, was du in dieser Beziehung von mir erwartest. Meinst du, daß ich dich jetzt in deinen Erwartungen täuschen werde?"

„Nun, welchen Grund soll ich angeben, weshalb du nicht tanzt?"

„Hören Sie nur, Herr Buttler, welches Verlangen mein Schwager an mich stellt", sagte Luise. „Wie soll ich hier, in einer geselligen Zusammenkunft der Gemeindeglieder, in ein paar knappen Worten erklären, weshalb ich nicht tanze? Das einfachste wird wohl sein, wenn du, lieber Hans, sagst, daß ich zu viele Gründe habe, um sie gleich alle hier aufzählen zu können; du kannst ihnen aber versichern, daß diese vollkommen stichhaltig sind."

Hans schien diese Antwort zu befriedigen, während Luise ihrem Schwager nicht ohne Bangen nachsah, fürchtete sie doch, daß er ihretwegen am Ende mancherlei Neckereien zu erdulden haben würde. Diese Sorge war jedoch unnötig; denn Luise stand bei der ganzen Gesellschaft in solchem Ansehen, daß niemand es gewagt haben würde, ihre Ansichten zu bespötteln.

Unterdessen betrachtete Herr Buttler sein neues Gemeindeglied halb staunend, halb verlegen.

„Ihr Schwager scheint sich zu Ihrem Verteidiger aufgeworfen zu haben“, sagte er leichthin, dann aber fügte er plötzlich ernst hinzu: „Ich fühle mich versucht, Sie auch meinerseits um eine bestimmte Beantwortung der aufgeworfenen Frage zu bitten, wenn dies nicht zu unbescheiden ist. Natürlich verstehe ich vollkommen, weshalb Sie nicht tanzen; es würde ebensowenig zu Ihrer wie zu meiner Stellung passen. Aber welchen stichhaltigen Grund geben Sie den Leuten für Ihr Verhalten an. Ich komme in die peinlichste Verlegenheit, wenn jemand in diesem Punkt meine Meinung zu wissen wünscht. Wie soll ich z. B. diesen harmlos vergnügten Herren und Damen, die sich von klein auf kennen, begreiflich machen, daß es unrecht ist, wenn sie paarweise im Zimmer spazieren gehen; denn etwas anderes ist es hier schließlich nicht? Ich habe das Gefühl, daß es sich für Christen nicht schickt, zu tanzen; aber ich finde keine stichhaltigen Gründe zum Beleg für meine persönliche Ansicht. Darf ich Sie fragen, welche Antwort Sie geben, wenn Sie gerade betreffs des Tanzens gefragt werden?“

„Meiner Ansicht nach muß ich die Antwort je nach der Stellung des Fragenden richten“, antwortete Luise; „mit einem ernsten Christen würde ich doch jedenfalls anders sprechen als mit einem, der den Heiland noch nicht liebhat.“

„Was würden Sie an meiner Stelle zu jungen Christen sagen, die mich fragen: ‚Was ist Unrechtes dabei, Herr Buttler, wenn wir hier unter uns tanzen? Wir gehen weder auf Bälle noch in große Gesellschaften; aber wir, die wir uns so gut kennen, dürfen doch ein wenig miteinander herumhüpfen?’ Zu meiner Schande muß ich Ihnen gestehen, daß ich bis jetzt nie von der Antwort befriedigt war, die ich in solchen Fällen gegeben habe. Was würden Sie einem jungen Mädchen darauf antworten?“

„Ich würde ihm die Stelle entgegenhalten: ‚Ihr esset nun oder trinket, oder was ihr tut: so tut es alles zu Gottes Ehre’, und dann würde ich sie fragen, ob sie wissen, wie das Tanzen zur Verherrlichung Gottes beitragen könne.“

„Ist dieser Standpunkt nicht etwas zu hoch?“ fragte der Geistliche.

„Es ist allerdings ein hoher; aber sollen die Nachfolger Christi sich mit einem niederen zufriedengeben?“

„Von diesem Gesichtspunkt aus dürfen wir eine Menge Dinge nicht mehr tun, die wir bisher für völlig harmlos gehalten haben. Die Gesellschaftsspiele, die wir neulich miteinander spielten, haben doch sicher auch nicht gerade zur Verherrlichung Gottes beigetragen.“

„Das will ich nicht so ohne weiteres zugeben“, versetzte Luise lächelnd. „Der Herr bedient sich oft der unscheinbarsten Dinge, um sich Eingang in die Herzen der Menschen zu verschaffen; wer weiß, ob Sie nicht durch Ihr freundliches Teilnehmen am Spiel ein Türchen zu den Herzen geöffnet haben und nun schon der erste Anfang gemacht ist, um die Seelen für den Herrn zu gewinnen. Wenn wir natürlich jeden Abend bis tief in die Nacht hinein mit Gesellschaftsspielen vergeudeten und am nächsten Tag untauglich zur Arbeit wären, oder wenn vielleicht dadurch eine Seele in innere Not oder in Lebensgefahr käme, würde ich es für Ihre Pflicht halten, daß Sie uns warnten. Es wäre dann wohl auch angebracht, daß Sie sich überhaupt nie mehr in Gesellschaftsspiele einließen, um unsere Spielwut wirksam zu steuern.“

„Ich würde sagen, daß es ihre eigene Schuld ist, wenn sie

durch solch harmlose Spiele irregeleitet werden und daß ich nicht dafür verantwortlich gemacht werden kann", bemerkte Herr Buttler lachend.

„Und ich würde fragen: ‚Soll der schwache Bruder oder die schwache Schwester umkommen, um welches willen Christus gestorben ist?"

„Aber wie viele unserer jungen Leute wissen noch so wenig von der Welt, daß sie es für ganz unmöglich halten, daß man durch solche Dinge irregeführt werden kann. Und wenn die Eltern sie nicht darauf aufmerksam machen, sind mir die Hände vollends gebunden."

„Ist es nicht klar, daß mein Schwager zum Beispiel es für einen Christen ungeziemend hält zu tanzen?" fragte Luise ernst.

„Das glaube ich gern", entgegnete Herr Buttler; „das wird jeder Unbekehrte finden. Solche Leute haben die Ansicht von irgendeinem geförderten Christen aufgeschnappt und sind nun froh, einen neuen Grund zum Spotten zu haben."

„Es würde sich vielleicht lohnen, nachzuforschen, wie solche geförderte Christen zu diesen Ansichten gekommen sind; aber lassen wir das fürs erste. Fragen wir uns lieber, ob wir Christen das Recht haben, uns unnötig mit etwas abzugeben, das unserem Nächsten ein Stein des Anstoßes werden kann. Denken Sie an das Wort des Apostels: ‚Es ist besser, du issest kein Fleisch und trinkest keinen Wein, oder das, daran sich dein Bruder stößt oder ärgert oder schwach wird'; derselbe Grundsatz gilt doch auch betreffs der Vergnügungen."

„Ich danke Ihnen für die wertvollen Winke, die Sie mir gegeben haben", sagte Herr Buttler herzlich, nachdem er eine Weile in tiefes Nachdenken versunken gewesen war. „Was sagen Sie aber in diesem bestimmten Fall zu Unbekehrten?"

„Verschiedenes", erwiderte Luise lächelnd. „Ich würde sie unter anderem drängen, vor allen Dingen den Herrn Jesus liebzugewinnen; wenn er ihnen gezeigt hat, daß größere Freuden ihrer warten, als sie bisher gekannt haben, dann wird es ihnen auch nicht schwerfallen, um seinetwillen das Tanzen aufzugeben. Wenn die Christen in dieser Beziehung eines Sinnes wären, würde uns viel Sorge erspart bleiben; glauben Sie das nicht auch, Herr Buttler?"

„Gewiß, Frau Morgan. Man könnte ja in moralischer Beziehung noch manche Gründe gegen das Tanzen anführen; aber sittenreinen jungen Mädchen kann man dieselben so schwer begreiflich machen."

„Ja, ich weiß das, und junge Männer wie mein Schwager Hans wissen es auch, daß man die Hauptgründe nicht ausspricht. Aber bitte, sagen Sie mir, wer der junge Mann dort drüben ist. Er scheint fremd hier zu sein, wenigstens hat er bis jetzt noch mit niemand gesprochen."

„Ich kenne ihn nicht und weiß auch nicht, wie er heißt; er kommt erst seit kurzem zu unseren Abendunterhaltungen", antwortete Herr Buttler.

„Wollen Sie vielleicht so gut sein, sich nach seinem Namen zu erkundigen und ihn mir dann vorstellen?"

Obwohl Luise weder durch Wort noch Miene ihre Verwunderung ausgedrückt hatte, fühlte sich der junge Geistliche doch sehr beschämt, daß er einen Fremden mehrere Male in der geselligen Zusammenkunft gesehen hatte, ohne sich seiner im geringsten anzunehmen. Auf seine Frage hörte er nun von dem Sohn des Diakons, daß der junge Mann Martyn heiße und bei Herrn Capron in Dienst sei.

„War er nicht schon öfters bei unseren Unterhaltungen?" forschte Herr Buttler weiter.

„Ja, zweimal, glaube ich. Jenny Capron hat keine andere

Begleitung, und es gehört wohl mit zu seinem Dienst, daß er sie beschützt. Es scheint, daß er selbst keinen Gefallen an diesen Abenden findet, weil er sich niemand anschließt."

In der ihm eigenen herzgewinnenden Weise begrüßte Herr Buttler den jungen Fremden, als Tom Shirley die beiden miteinander bekanntmachte, so daß Karl Martyn augenblicklich vergaß, wie weh es ihm getan hatte, daß selbst der Geistliche der Gemeinde ihn so ganz übersah. Seine Augen leuchteten dankbar auf, als er merkte, daß man sich seiner annahm, obwohl er in Herrn Caprons Diensten stand. Karl Martyn war stolz und fühlte sich schnell zurückgesetzt, oft durch die kleinsten Dinge, die niemand anders beachtet hätte. Er teilte diesen Fehler mit so vielen anderen jungen Leuten, die sich das Leben dadurch unnötigerweise schwermachen und eine kleine Unbedachtsamkeit des Nächsten für eine persönliche Beleidigung ansahen.

Sobald Herr Buttler den jungen Fremden Frau Morgan vorgestellt hatte, überließ er die beiden sich selbst und spürte einem anderen Fremden nach, der ihm soeben in der Menge aufgefallen war. Er fing an zu verstehen, daß man auch bei geselligen Unterhaltungen für den Herrn wirken könne.

Unterdessen brauchten Luise und Karl Martyn nicht lange, um miteinander bekannt zu werden. Um sich nicht gewissermaßen unter einer falschen Flagge in die Gesellschaft einzuschmuggeln, sagte der junge Mann, so bald es angebracht war: „Ich bin nicht von hier, sondern meine Heimat ist über hundert Stunden von hier entfernt; eigentlich bin ich nur ein Knecht."

„Es kann unter Umständen die höchste Ehre sein, ein Knecht zu sein", entgegnete Luise freundlich. „Darf ich hoffen, daß Sie ein Knecht des großen Königs sind?"

„Ja, ich hoffe es", versetzte der Angeredete mit strahlenden Augen. „Ich trage seine Uniform und suche ihm zu dienen."

„Dann sind wir ja Geschwister!" rief Luise freudig und bot ihm nochmals so herzlich die Hand, daß es Karl Martyn warm ums Herz wurde.

17. Eine Erstlingsfrucht

„Weißt du, was ich mir ausgedacht habe?" sagte Luise etwas später zu ihrem Mann, als er ihr beim Anziehen behilflich war. „Wir wollen heute die Rollen wechseln, und während ich mit Hans nach Hause gehe, nimmst du dich nun Dorotheas an; du hast ohnehin kaum je Gelegenheit, mit deiner Schwester allein zu reden."

„Diesen Wunsch kann ich dir nicht erfüllen, mein Herz", entgegnete Ludwig schnell. „Dorothea, die ohnehin so scheu gegen mich ist, wäre es, glaube ich, die größte Strafe, wenn sie den langen Weg mit mir allein gehen müßte, und dann kann ich nicht wie du mit jedermann ohne weiteres von ernsten Dingen sprechen."

„Versuche nur erst einmal, dich deiner Schwester zu nähern, dann wird sich dir schon zur rechten Zeit Gelegenheit geben, göttlichen Samen auszustreuen, der Frucht bringen kann."

Es lag zuweilen etwas in der Art der jungen Frau, dem Ludwig nicht widerstehen konnte, und so schickte er sich auch dieses Mal trotz inneren Widerstrebens an, ihrem Wunsch zu folgen.

Als Hans Ludwig und Dorothea vorausgehen sah, witterte er sofort, daß damit eine besondere Absicht verknüpft sei. „Was ist denn los?" rief er ärgerlich. „Soll dies etwa eine Falle für mich sein?"

„Nein, gar nicht", erwiderte Luise prompt; „ich wollte nur gern ein wenig mit dir sprechen und dachte, auf diese Weise wären wir am ungestörtesten. Ist es dir unangenehm, mit mir zu gehen?"

Hans mußte zugeben, daß man wenigstens ein offenes

Spiel mit ihm spielte, und konnte nicht anders, als seiner Schwägerin den Arm zu bieten. Nachdem sie eine Weile schweigend durch die Winterlandschaft gegangen waren, fragte er mürrisch: „Nun, wann soll die Predigt losgehen?"

„Ich will dir keine Predigt halten, Hans", entgegnete Luise ernst. „Was ich dir sagen möchte, läßt sich in wenige Worte fassen. Ich wünsche so sehnlich, daß du ein entschiedener Christ würdest."

Warum schlug Hansens Herz plötzlich so stark bei dieser schlichten Bemerkung? „Was kümmert dich das?" fragte er kurz.

„Das ist eine sonderbare Frage. Ist es denn nicht natürlich, daß ich alle meine Freunde wahrhaft glücklich sehen möchte? Wenn ich meinen König liebe, so möchte ich doch natürlich haben, daß die ganze Welt ihm untertan sei."

„Was nennst du einen entschiedenen Christen?"

„Einen, der Christus nachfolgt."

„Solch scheinheilige Reden verstehe ich nicht, und ich glaube auch nicht, daß andere Leute sie verstehen."

„Um andere Leute brauchst du dich nicht zu kümmern. Sage, was verstehst du nicht?"

„Ich verstehe überhaupt nichts von der ganzen Geschichte, und es scheint mir nicht der Mühe wert zu sein, mir darüber den Kopf zu zerbrechen. Es ist alles nichts als Unsinn, und die sogenannten Frommen sind die allergrößten Heuchler. So, nun habe ich dir offen meine Ansicht gesagt!" sagte Hans und richtete sich stolz auf, wie einer, der eine unanfechtbare Erklärung abgegeben hat.

„Lassen wir fürs erste die sogenannten Frommen aus dem Spiel. Nach Menschen brauchst du dich überhaupt nicht zu richten, und was du von dem Glauben im allgemeinen hältst, ist auch Nebensache. Aber glaubst du an die Existenz der Person Jesu Christi?"

Auf eine solche Frage war Hans nicht gefaßt. Wenn es sich um Religion, Kirche, Geistliche und sogar um die Bibel handelte, war er sofort bereit zu erklären, daß er an das alles nicht glaube; aber es war doch etwas anderes, als mit dürren Worten die Person Jesu Christi zu leugnen. Nein, das konnte er nicht; alles andere konnte er mit frechem Mund bekritteln und ins Lächerliche ziehen, der Name Jesu Christi aber ließ ihn verstummen.

Luise wartete lange auf eine Antwort, dann wiederholte sie ihre Frage.

„Ich denke wohl!" lautete des jungen Mannes ausweichende Antwort.

„Kennst du seine Geschichte genau?"

Wieder eine solch verfängliche Frage, die man nicht nach Belieben drehen und wenden konnte! Hans biß sich vor Unmut auf die Lippen. „Nicht besonders", erwiderte er endlich lachend.

Ein seltsames Geständnis für einen Mann, der beweisen will, weshalb er an nichts glaubt!

„So, nun können wir auf das zurückkommen, wovon ich anfangs sprach", sagte Luise einfach. „Ich möchte, daß du ein Nachfolger Christi werdest; aber dazu mußt du ihn freilich erst genau kennenlernen."

„Wer folgt ihm denn?" rief Hans herausfordernd.

O, was hätte Luise darum gegeben, wenn sie den armen Menschen auf seine Mutter hätte hinweisen können! Aber das konnte sie nicht; auch den Geistlichen konnte sie nicht nennen, als einen, dessen Leben Zeugnis einer Nachfolge in Christi Fußstapfen ablegte. Ach, wie traurig! Und ihr Mann? War er nicht ein Nachfolger Christi? Das wohl; aber zu ihrem Schmerz konnte Luise sich nicht verhehlen, daß ihr unvernünftiger Schwager ein makelloses Vorbild verlangte und daß auch Ludwig die Probe nicht aushalten konnte.

„O Hans", rief sie bewegt; „es gibt viele, die sich nicht irremachen lassen, ihrem Herrn zu folgen, wenn auch in großer Schwachheit! Was hat das aber mit unserer Sache zu tun? Und wenn es keinen einzigen aufrichtigen Nachfolger Christi gäbe, so wäre das doch für dich keine Entschuldigung. Es nützt dir gar nichts, wenn du Jesus meine Fehler anzeigst; er verlangt ja nicht, daß du mir nachfolgst. Laß uns nicht streiten über etwas, das hell und klar am Tage liegt. Du glaubst an Jesus Christus; willst du ihn nicht kennenlernen und als Vorbild nehmen?"

„Nicht eher, bis ich sehe, daß einer, der sich für einen Nachfolger Christi hält, es auch in seinem Leben beweist!" erklärte Hans, obwohl er einsah, wie töricht dies von ihm war.

Luise sagte nichts weiter, obwohl ihr Schwager sich je länger je mehr über die Inkonsequenz der Frommen ereiferte und unzählige Beispiele dafür anführte.

„Nun, hast du keine Entschuldigung für diese Leute bereit?" fragte er endlich spöttisch.

„Soviel ich weiß, sprechen wir nicht von unseren Nächsten, sondern von Jesus Christus. Ich kenne die Leute nicht, von denen du redest, aber Jesum kenne ich, und wenn du gegen ihn eine Anklage erhebst, will ich dir gern Rede und Antwort stehen. Wenn du aber durchaus von unseren Mitmenschen sprechen willst, darf ich mir eine Frage erlauben: Glaubst du, daß die Charakterzüge, die du an ihnen tadelst, durchs Christentum entwickelt worden sind?"

„Nein, ich will es wenigstens nicht hoffen; aber ich will dir zeigen, wie sinnlos es ist, wenn Leute mit solchem Lebenswandel sich für Christen ausgeben."

„Damit können aber doch wir uns nicht entschuldigen, und es ändert nichts an der Entscheidung für oder wider Christus, die wir zu treffen haben."

„Mich gelüstet es nicht, die Zahl der Scheinheiligen noch zu vergrößern", wiederholte Hans, indem er immer auf denselben Punkt zurückkam und geflissentlich nicht auf das eine, was nottat, einging.

Luise war es, als ob die Unterhaltung mehr geschadet als genützt habe; mit schwerem Herzen mußte sie sich gestehen, daß sie nun sehnlichst wünschte, bald an Ort und Stelle zu sein, damit Hans die Gelegenheit genommen werde, sich noch mehr zu versündigen.

Als die beiden sich am Tor trennten, sagte Luise sanft: „Gute Nacht."

„Gute Nacht", erwiderte Hans und fügte zögernd bei: „Deinetwegen tut es mir leid, daß ich ein solcher Nichtsnutz bin. Vielleicht wäre ich anders geworden, wenn ich früher mit jemand zusammengekommen wäre, der dir ähnlich ist; aber jetzt ist Hopfen und Malz an mir verloren!" Dann stürmte er davon.

Unterdessen hatten Ludwig und Dorothea ziemlich einsilbig ihren Weg verfolgt. Ersterer fühlte, wie der Arm seiner Schwester zitterte, und er fragte sich unmutig, ob ihr Verhalten nicht gar zu albern sei. Er war doch kein Ungeheuer, vor dem man zittern mußte. Und doch mahnte ihn sein Gewissen mit lauter Stimme, daß er sich nie besondere Mühe gegeben hatte, um ihr Vertrauen zu erwerben, trotzdem ihm ja nie entgangen war, daß ihr Leben freudlos und eintönig verlief. Zum ersten Mal kam ihm der Gedanke, wie ganz anders die Zukunft seiner Schwester würde, wenn sie erst zu einem neuen Leben in Christo erwacht war. Sie würde freilich wenig für den Herrn tun können, aber was würde der Herr alles für sie tun! Bisher hatte er dem Eindruck Raum gegeben, als ob der Herr Dorothea für zu unbedeutend hielt, um gerettet zu werden, wenn er sich auch gescheut hätte, diesen Gedanken in Worte zu kleiden. Mehr aus Liebe zu seiner Frau, als aus Liebe zum Herrn oder zu seiner Schwester sann er nach, wie er dem Mädchen über seine Schüchternheit hinweghelfen könnte. Er wollte ihr von seinen Reisen erzählen, und vielleicht gelang es ihm, dabei ein Wort zur Ehre seines Herrn einzulegen, das möglicherweise später einmal Frucht bringen konnte.

Doch es kam anders, als er geplant hatte. Ein bisher ungekanntes Verlangen ergriff ihn, das trübe Leben seiner Schwester mit einem Strahl göttlichen Lichtes erleuchtet zu sehen, so daß er sie plötzlich mit den Worten anredete: „Weißt du, Dorothea, daß ich innig wünsche, du möchtest dem Heiland angehören!"

Fast erschrak er über seine Kühnheit, besonders als er merkte, wie das Mädchen an allen Gliedern zu zittern begann; aber ehe er noch wußte, wie er es beruhigen sollte, sagte es schluchzend: „Ich kenne auch keinen größeren Wunsch, Ludwig. Ach, wenn du mir nur zeigen wolltest, was ich tun soll!"

„Hast du gewußt, wie es um Dorothea steht?" fragte Ludwig seine Frau mit leuchtenden Augen und vor Erregung zitternder Stimme, sobald das Ehepaar allein war.

„Nichts weiter, als daß sie mir in den letzten Tagen ungewöhnlich weich vorkam", antwortete Luise. „Warum?"

Und nun erzählte Ludwig, wie Dorothea das erste Wort, das er an sie gerichtet hatte, mit wahrem Heißhunger aufgefangen hatte, wie es ihr heiliger Ernst sei und sie nur nicht gewußt habe, was Bekehrung eigentlich sei. Als er dann später neben seiner Frau niederkniete, betete er für seine Schwester mit einer Inbrunst wie nie zuvor, und Luise gewann während des Gebets die Überzeugung, daß tatsächlich an jenem Abend ein neuer Name im Himmel angeschrieben und unter den Engeln Freude herrschte über das Schäflein, das in die Hürde gebracht worden war. Und doch war es ihr weh ums Herz. Es wurde ihr schwer, daß Hans, für den sie so viel gebetet hatte, noch ferne war, während Dorothea auf das erste Wort ihres Bruders, der sich bisher kaum um sie gekümmert hatte, dem Ruf des Guten Hirten gefolgt war!

War Luise eifersüchtig? Sie hätte sich geschämt, wenn ihr der bloße Gedanke gekommen wäre; und doch, wie vortrefflich versteht es der Teufel, Unkraut ins Herz zu säen, selbst wenn wir uns in Jesu geborgen glauben!

18. Ein guter Anfang

„Wir haben Ihnen heute eine freudige Nachricht mitzuteilen", sagte Luise am folgenden Sonntag, als Herr Buttler sie nach dem Gottesdienst begrüßte; „es wird Sie gewiß freuen, zu hören, daß unsere liebe Dorothea sich für den Herrn entschieden hat."

Weder Luise noch Dorothea ahnten, welch tiefen Eindruck diese wenigen Worte auf den jungen Geistlichen machten; sie sahen, wie sein Gesicht aufleuchtete, aber sie wußten natürlich nicht, was in seiner Seele vorging, als er zum ersten Mal in seiner Gemeinde erfahren durfte, daß eine Seele zum Herrn gekommen war. Er fühlte, daß er bis vor kurzem keinen rechten Begriff von eigentlicher Arbeit im Reich Gottes gehabt hatte und ihm die warme Liebe für seine Gemeinde abgegangen war. Er hatte wohl gebetet, daß Seelen für den Herrn gewonnen würden, aber wie so viele hatte er eigentlich gar nicht erwartet, daß sein Gebet so schnell erhört werden könnte, in ein paar Jahren vielleicht, aber nicht sogleich! Und nun überwältigte ihn beinahe die Freude über die frohe Kunde. Er begrüßte das junge Mädchen zwar nur mit einem warmen Händedruck und herzlichem „Willkommen!", aber man fühlte ihm an, daß er zu bewegt war, um mehr zu sagen.

Auch einer der Kirchenvorstände wandte sich an die schüchterne Dorothea und sagte: „Freut mich, daß Sie auch etwas vom Christentum erfahren haben, und Sie sind nun natürlich sehr glücklich, nicht wahr? Aber denken Sie nur ja nicht, daß dies immer so bleiben wird; es ist gerade wie die Morgenröte und der frische Tau, die auch bald vergehen. Unsere Welt ist ein Jammertal, in dem man viele Prüfungen, viel Kreuz, viele Enttäuschungen durchzumachen hat und oft recht unglücklich ist. Viele Leute denken, daß sie auf Rosenpfaden in den Himmel wandern dürfen; ich kann Ihnen aber versichern, daß der Weg entsetzlich steil und dornenvoll ist und der Mensch unter der Last fast zusammenbricht."

Der alte Herr Belknap meinte es gut mit der jungen Christin; er wollte ihr dienen, indem er sie auf die unausbleiblichen Prüfungen aufmerksam machte, und doch, wie wenig verstand er von einem freudigen Christentum! Seine Worte legten sich wie Mehltau auf die junge Seele. Dorothea hatte sich so glücklich gefühlt, daß sie einen Freund gefunden hatte, der sie liebte und den sie mit der ganzen Innigkeit ihres Herzens liebte. War es möglich, daß sie diese Glückseligkeit je wieder entbehren und ihr Leben wieder so öde und traurig wie zuvor werden mußte? Eine Art Enttäuschung bemächtigte sich ihrer, und sie konnte nicht mehr so voll ungetrübter Freude antworten, als Karl Martyn ihr so herzlich zurief: „Ich kann nicht sagen, wie ich mich über Ihren Entschluß freue!"

„Ist es wirklich eine Ursache zur Freude?" fragte sie zweifelnd.

„Das will ich meinen; es ist die froheste Botschaft, die es in der Welt gibt, und daran zweifeln doch auch Sie nicht. Ich wollte Sie fragen, ob Sie sich nicht unserer Sonntagsschulgruppe anschließen wollen; wir haben zwar noch keinen Lehrer, aber wir wollen Herrn Buttler bitten, daß er sich unserer erbarme. Merkwürdigerweise ist es mir erst heute eingefallen, daß wir an ihm einen tüchtigen Lehrer haben könnten!"

„Ich glaube auch, daß er sich gut dafür eignet", sagte Dorothea; „so gern ich bleibe, wird es doch kaum gehen!"

„Was wird nicht gehen?“ fragte Luise. „O, ihr sprecht von der Sonntagsschule. Vater hat nichts dagegen, wenn wir erst in einer Stunde heimfahren. Ludwig ist gebeten worden, eine Gruppe zu übernehmen, und ich soll eine abwesende Lehrerin vertreten.“

Dorothea kam es vor, als ob plötzlich das Tausendjährige Reich über sie hereingebrochen wäre, so glücklich fühlte sie sich unter den neuen Einflüssen. O dieser Sonntag blieb ihr unvergessen! Zum ersten Mal in ihrem Leben nahm sie mit vollem Herzen teil an dem Gesang, den Gebeten und der Schriftlesung. Der Predigt konnte sie freilich nicht so recht folgen; aber um so größeren Eindruck machte das Schlußgebet des Geistlichen auf sie. Ihre Freude wäre vollkommen gewesen, wenn Herrn Belknaps Worte nicht störend dazwischengekommen wären. Unwillkürlich scheute sie sich schon jetzt vor der Zeit, wenn der Heiland ihr nicht mehr so fühlbar nahe war und er sie den Nöten des Lebens allein überließ. O warum durfte ihre gegenwärtige Freude nicht anhalten, und warum hatte Ludwig sie nicht gleich am Morgen darauf aufmerksam gemacht, als sie ihm so freimütig gestanden hatte, daß sie noch nie in ihrem Leben so glücklich gewesen sei! Er hatte ihr doch gesagt, daß es ihm gerade so gegangen sei. Dann mußte er doch auch wissen, wie lange die Glückseligkeit bei ihm angehalten hatte. Am Ende hatte Herr Belknap unrecht; denn Luise sah doch gerade so aus, als ob sie beständig in der Gegenwart des Heilands lebe und darum so glücklich sei. Dorothea zerbrach sich den Kopf darüber, was sie glauben sollte, und es war gut, daß Luise zufällig auch Herrn Belknaps Worte mit angehört hatte und die erste Gelegenheit wahrnahm, um ihre Schwägerin von deren Druck zu befreien.

„Herr Belknap hat wohl gefürchtet, daß du zu glücklich

im Herrn seist, wie, Schwesterchen?“ sagte sie, als sie ihr nachmittags auf der Treppe begegnete. „Was wollte er nur damit sagen?“ fragte das junge Mädchen ängstlich. „Wird meine Freude keine anhaltende sein?“

„Woher stammt sie, Herzchen?“

„Ich denke, weil ich weiß, daß der Heiland mich liebt und ich ihn“, antwortete Dorothea errötend.

„Ja, so ist es. Wenn nun Herr Belknap mir gesagt hätte, ich dürfe ja nicht erwarten, auch ferner mit meinem Mann so glücklich zu sein wie bisher; wenn Prüfungen und Schwierigkeiten kämen, würde auch unsere Liebe erkalten, dann würde ich dies, glaube ich, als eine persönliche Beleidigung ansehen.“

„Kann man denn aber die Liebe zum Herrn mit der Liebe der Ehegatten untereinander vergleichen?“

„Unser Herr nennt die Kirche ja selbst seine Braut; aber natürlich ist unsere irdische Liebe nur ein sehr unvollkommenes Abbild der Liebe Christi zu seiner Gemeinde.“

„Aber was meinte denn Herr Belknap eigentlich?“

„Nun, wenn ich Ludwig recht kalt und gleichgültig behandelte, wenn ich mich nicht um ihn kümmerte und tagelang kein Wort mit ihm redete, seine Wünsche unbeachtet ließe und auf seine Ratschläge nicht hörte, dann würden wir kaum glücklich miteinander sein, nicht wahr?“

„Gewiß nicht“, sagte Dorothea gespannt.

„So behandeln viele Christen unsern Herrn und Heiland. Der Teufel verblendet sie so, daß sie meinen, es sei nicht ihre eigene Schuld, wenn ihre Freude an ihm sich so bald verflüchtigt. Laß dich nicht irremachen, Herzchen, und halte dich an die Verheißung, daß er dich im völligen Frieden erhält, wenn du ihm vertraust.“

„Ich bin froh, daß du mir das sagst, Luise, denn ich habe

mich gar nicht mehr zurechtgefunden, und der Gedanke, daß der Heiland sich wieder von mir zurückziehen könnte, war mir so schrecklich."

Aber nicht nur mit Dorothea war eine Veränderung vorgegangen, sondern auch mit Ludwig. Das selige Bewußtsein, daß er seiner Schwester den Weg zum Heiland hatte zeigen dürfen, spornte ihn zu neuem Eifer in der Arbeit im Weinberg des Herrn an; er sehnte sich danach, Seelen für den Herrn zu gewinnen, mochte es nun sein, wo es wollte.

Luise hatte wohl bemerkt, daß der Geist Gottes in besonderer Weise an ihrem Mann arbeitete, und ließ Ludwig gewähren, als er im sichtlichen Kampf an jenem Sonntagabend unruhig im Zimmer auf- und abging.

„Ich denke, wir sollten hinuntergehen und versuchen, eine gemeinsame Abendandacht zu halten", sagte er endlich. „Bisher habe ich mich gescheut, die Spottlust meines Vaters dadurch wachzurufen; aber es war nichts anderes als Menschenfurcht. Was meinst du, Luise, sollen wir einmal einen Versuch wagen?"

Wir können uns denken, daß Luise keinen Einspruch erhob, sondern ihm nur mit einem glückseligen Lächeln die Hand reichte. Hatte Ludwig einmal einen Entschluß gefaßt, so zögerte er auch nicht mit dessen Ausführung, und es dauerte nicht lange, so erschien das Ehepaar in der Küche.

„Wir wollen dich fragen, Vater, ob du etwas dagegen hast, wenn wir gemeinsam unsere Abendandacht halten", sagte Ludwig.

Frau Morgan wurde plötzlich von einer ganz unerklärlichen Unruhe ergriffen; sie sprang vom Stuhl auf, machte sich am Ofen zu schaffen, öffnete und schloß ein paarmal die Tür nach dem Hof und setzte sich dann wieder an ihren Platz. Vater Morgan hingegen schaute eine Weile nachdenklich ins Feuer, ehe er antwortete: „Ich habe nichts dagegen, wenn ihr das Bedürfnis dazu fühlt."

In einem Augenblick hatte Dorothea die alte Familienbibel hereingeholt, und zum ersten Mal seit vierzig Jahren vereinten sich Vater und Mutter zum Gebet; freilich blieben beide kerzengerade sitzen, aber Dorothea und Nellie knieten neben ihren verheirateten Geschwistern, und erstere betete mit der ganzen Inbrunst ihres Herzens mit. Hans hingegen hatte sich schleunigst entfernt, als Ludwig den Vorschlag gemacht hatte.

19. Treue im Kleinen

Es ist schwer, ein getreues Bild von Dorotheas Gemütsverfassung zu geben, als sie am Montag morgen erwachte. Wer nicht selbst schon Ähnliches erlebt hat, wird nicht verstehen, wie sich ihrer ein namenloses Sehnen bemächtigte, etwas ganz Außerordentliches zu tun, um zu beweisen, wie lieb sie ihren Herrn hatte. Es kam ihr vor, als wären ihr die kahlen Wände ihres reizlosen Stübchens zu eng, als müsse sie notwendig fort aus ihrer ganzen bisherigen Umgebung, um ein neues Leben anzufangen. Merkt ihr, in welcher Gefahr sie stand? Wie manches junge Christenleben ist an solchen Klippen zerschellt!

War es Zufall, daß, gerade als sie ihr Zimmer verließ, Luise ihr begegnete und ihr mit munterer Stimme „Guten Morgen" zurief?

„Sage mir nur, bitte, was ich anfangen soll?" fragte Dorothea in einem Ton, der deutlich verriet, daß sie darauf brannte, etwas ganz Besonderes zu leisten. „Du weißt, es muß alles anders bei mir werden; ich frage mich nur, wo ich zuerst anfangen soll."

„An deiner Stelle würde ich, denke ich, mit der alten Puddingform beginnen", versetzte Luise lächelnd.

Urplötzlich verwandelte sich Dorotheas Gesicht; der siegesgewisse fröhliche Ausdruck verschwand, und statt dessen malte sich Enttäuschung, Gekränktsein in ihren Zügen.

„Denke nicht, daß ich dich foppen will, Schwesterchen", sagte die junge Frau, indem sie liebkosend ihren Arm um den Hals des Mädchens legte, „es ist mein voller Ernst, daß gerade die alte Puddingform, über die du dich jeden Montag morgen bisher geärgert hast, dir zum ersten Sieg verhelfen kann, und das ist nur eines der vielen kleinen Dinge, mit denen du heute deinen Herrn preisen kannst."

„Wie soll ich mit der Puddingform dem Herrn dienen?" fragte Dorothea kleinlaut.

„Glaubst du, daß der Herr keinen Anteil hat an der Puddingform, an dem Gußstein, der Wäsche und den anderen Dingen, mit denen du heute in Berührung kommen wirst? Denke ja nicht, daß nur deine freie Zeit dem Herrn gehört und du ihn nicht mit hineinnehmen darfst in deine tagtäglichen Pflichten. Kennst du nicht das Wort: ‚Ob ihr nun esset oder trinket oder was ihr tut, so tut es alles zu Gottes Ehre.' Die Puddingform ist demnach auch inbegriffen in das Wort ‚was ihr tut', oder nicht?"

„Man sollte es meinen", entgegnete Dorothea, „nur kommt es mir geradezu unehrerbietig vor, Jesus in Zusammenhang mit all der greulichen Hausarbeit zu bringen."

„Es kann dabei nichts Unehrerbietiges sein, weil unser Herr es uns selber sagt. Ich habe längst gelernt, daß man ebensogut für den Herrn ein Zimmer kehren oder ein Bett machen kann, wie man für ihn reden kann; ach, ich bin so froh, daß er nicht gesagt hat: ‚So und so lange mußt du dich allein abquälen für die Welt, und so und so viele Minuten oder Stunden am Tage darfst du mir dienen.' Das wäre ein entsetzliches Leben. Gott sei Dank, daß ich ihm ständig dienen darf, sei es nun, daß ich in meinem Zimmer Staub wische oder vor ihm auf den Knien liege."

„Aber sage mir doch, wie dies möglich ist; ich kann es absolut nicht verstehen."

„Hast du von dem armen Dienstmädchen gehört, das sich bekehrt hat, und zum Geistlichen kam, um es ihm mitzuteilen? Als er es fragte, woran es denn merke, daß es bekehrt sei, antwortete es, ohne sich zu besinnen: ‚Ich kehre jetzt den Staub aus den Ecken.' Meiner Ansicht nach hat das arme Mädchen den Kern der Sache erfaßt, wenn es auch vielleicht noch nicht die Worte der Schrift gekannt hat: ‚An ihren Früchten sollt ihr sie erkennen'."

Dieses kurze Gespräch auf der Treppe war entscheidend für Dorotheas ganzen künftigen Lebensweg. Bisher hatte sie unter der täglichen Hausarbeit gekeucht und gejammert, als ob sie das unerträglichste Leben auf der Welt führen müsse; die saubere Küche war ihr der Inbegriff alles Greulichen gewesen, und sie haßte buchstäblich jede Hausarbeit; am zuwidersten aber war ihr die alte, von den Großeltern ererbte Puddingform; in der jeden Sonntag der Pudding für das Abendessen gekocht wurde. Mit wahrem Grauen nahm Dorothea am Montag morgen das verhaßte Geschirr zur Hand, um es zu scheuern, und jedesmal mußte ihre Mutter sie tadeln, weil es nicht rein war. Und nun sollte gerade diese Puddingform den ersten Beweis liefern, daß mit Dorothea eine Wandlung vorgegangen war! Kein Wunder, daß die Worte der Schwägerin einen tiefen Eindruck auf Dorothea machten und ihr erst so recht zum Bewußtsein kam, welcher Ernst, welche Wichtigkeit und welche Weihe das Leben erhielt, sobald man die geringste Arbeit zum Preis des Herrn tat.

Daran dachte sie auch, als später Hans die Milcheimer in die Küche brachte mit der unliebenswürdigen Bemerkung: „Laß uns aber nicht wieder eine halbe Ewigkeit warten, bis wir die Eimer zurückbekommen."

Sonst hätte Dorothea unfehlbar in ebenso unliebenswürdiger Weise geantwortet: „Ich werde mich um kein Haar mehr eilen, als es mir paßt, und wenn ich dir zu lange brauche, so mache es selbst." Heute aber leerte sie zu Hansens Erstaunen schweigend die Eimer aus und gab sie ihm dann mit der einzigen Bemerkung zurück, daß die Braune in den letzten Tagen wieder mehr Milch gebe.

Wir wollen nicht Dorothea beobachten, wie sie sich weiter an jenem ersten Tag benahm, aber das müssen wir uns sagen, daß dieser Montag kein leichter Anfang für die junge Christin war. In jedem Haushalt gibt es wohl Tage, an denen alles zuwider zu gehen scheint; da brennt das Feuer nicht, wenn man das Frühstück bereiten will, und dann entsteht plötzlich eine solche Glut, daß die Milch überläuft und das ganze Haus mit widerlichem Geruch erfüllt. Wer wollte die tausenderlei Mißgeschicke aufzählen, die zu solchen Zeiten die Geduld der Hausfrauen auf eine harte Probe stellen! Und wie viele Hausfrauen gibt es, die ihre Erregung dann an ihrer Umgebung auslassen. Frau Morgan zählte jedenfalls auch zu diesen; sie machte ihrer Tochter die bittersten Vorwürfe, trotzdem diese ihr möglichstes tat, um ihre Pflichten so gut zu erfüllen, als sie nur konnte. Sie übersah beim Spülen keine Tasse, keinen Löffel, ja sie putzte sogar das alte, verbogene Küchenmesser, das sie sonst geflissentlich ungeputzt ließ. Hurtig eilte sie mit Scheuerlappen und Fegbürste von einem Küchenregal zum andern, bis schließlich Frau Morgan ihrem Eifer mit den Worten Einhalt gebot: „Wieviel Zeit willst du denn noch mit dem bißchen Reinemachen vergeuden? Ich wäre vor einer Stunde schon mit der Arbeit fertig gewesen. Warum nur gerade ich eine solche Trödlerin zur Tochter haben muß!“

Habt ihr noch nie Mütter in dieser Weise mit ihren Töchtern sprechen hören; dieselben guten, aufopfernden Mütter, die ohne Murren ganze Nächte am Krankenbett ihrer Kinder durchwachen würden, sind imstande, ihre Töchter mit solch unbedachten Reden zu reizen, mit Reden, die nicht einmal ganz wahr sind. Frau Morgan wußte gut, daß sie die

Arbeit unmöglich in einer Stunde hätte fertigbringen können, aber in ihrer Erregung gab sie sich keine Rechenschaft von ihren Worten.

Ja, es war ein schwerer Tag für Dorothea; aber es wäre noch viel, viel schwerer gewesen, wenn sie nicht am frühen Morgen jenes Gespräch mit ihrer Schwägerin gehabt hätte. Das half ihr durch alle Schwierigkeiten des Tages hindurch, und sie konnte sogar zweimal bei ihrer Arbeit das Lied anstimmen:

„*So nimm denn meine Hände*
Und führe mich
Bis an mein selig Ende
Und ewiglich."

Freilich machte Frau Morgan, die nur die Melodie hörte, aber nicht die Worte verstand, dem Gesang bald ein Ende, indem sie ihre Tochter rauh anfuhr: „Höre doch endlich mit dem Gesinge auf; du weißt, daß ich so etwas bei der Arbeit nicht dulde! Alles zu seiner Zeit; bei der Arbeit kann man nicht singen, und beim Singen nicht arbeiten."

„Wann war wohl für sie die Zeit zum Singen", fragte sich Dorothea und bemühte sich nun in aller Stille, ihre Gedanken auf ihren Herrn zu richten, um von ihm bewahrt zu werden. Als sie vor dem Abendessen ein paar freie Augenblicke hatte, eilte sie in ihr ödes Stübchen hinauf, um sich ein wenig zu sammeln. Es schien ihr, als ob ihre Mutter heute schwerer zu befriedigen gewesen sei als je zuvor, und doch hatte sich es das arme Mädchen nie vorher so angelegen sein lassen, seine Pflichten pünktlich zu erfüllen. Ehe es wieder einigermaßen ins Gleichgewicht gekommen war, klang schon wieder der Mutter Stimme zu ihm herauf: „Sollen wir heute kein Abendessen bekommen, oder muß ich auch dafür noch sorgen zu aller anderen Arbeit, die auf mir liegt?"

O, wie mußte sich das Mädchen zusammennehmen, um ihrer Enttäuschung nicht in irgendeiner Weise Luft zu machen, sei es durch eine schnippische Antwort oder indem sie mit bedeutungsvollem Geklapper die Tassen und die Teller auf den Tisch stellte!

Ich kann euch sagen, weshalb Mutter Morgan an jenem Montag so ganz besonders schlechter Laune war! Sie gab sich selbst keine Rechenschaft über ihre Stimmung ab; aber im Grunde war nichts anderes daran schuld, als daß sie mit Gewalt ihre Gewissensbisse beschwichtigen wollte, die sie seit der Andacht am Abend vorher gepeinigt hatten. Die arme Frau gedachte mit Beschämung ihrer eigenen Jugendzeit, als sie auch an gemeinschaftliche Morgen- und Abendandachten gewöhnt war. Wie oft hatte sie ihre alten Eltern um ihre Bekehrung beten hören! Die Eltern schliefen längst schon auf dem fernen Kirchhof in ihrer Heimat; aber ihr heißes Gebet war immer noch nicht erfüllt! Der Gedanke, daß Dorothea einst mit dem Vorwurf vor sie treten könne: „Mutter, du hast nie mit mir gebetet und mich nie darauf aufmerksam gemacht, daß ich mich bekehren müsse", verfolgte sie den ganzen Tag, und darum klang ihre Stimme heute ganz besonders gereizt, so oft sie sich an Dorothea wandte.

20. Düstere Wolken

Wenn ich euch, liebe Leser, so eingehend über die ersten Monate berichtet habe, die Luise im Haus ihrer Schwiegereltern zubrachte, so geschah es, um euch ein klares Bild von den Verhältnissen zu geben, in die die junge Frau hineingestellt war. Nun aber möchte ich die letzten kalten Winterwochen überspringen und euch in den sonnigen Monat Mai versetzen, der mit seinem Zauber solch wunderbare Veränderung in Feld und Wald hervorbringt und von den Landbewohnern mit besonderer Freude begrüßt wird.

Im Hause Morgan war ganz allmählich manches anders geworden, wenn sich vielleicht auch kein Glied der Familie hätte Rechenschaft geben können, wie und wann diese oder jene Gepflogenheiten durch neue ersetzt worden waren. Am meisten hatte sich wohl Dorothea verändert, die sich mit aller Entschiedenheit auf des Herrn Seite gestellt hatte und nun in ihrer kleinen Sphäre jede Gelegenheit auskaufte, um als treu empfunden zu werden. Das junge Mädchen ahnte nicht, wie gerade diese Treue im kleinen ihre Mutter so sehr in Erstaunen versetzte. Frau Morgan mußte sich wohl oder übel eingestehen, daß etwas Neues über Dorothea gekommen war, wenn sie sah, wie pünktlich ihre Befehle ausgeführt wurden, und wie unverdrossen Dorothea ihre Pflichten so gut als möglich zu erfüllen suchte. Frau Morgan bezweifelte zwar, daß die Besserung anhalten werde, aber wir wissen, aus welcher Quelle das Mädchen täglich neue Kraft schöpfte, und trauen es dem Guten Hirten zu, daß er sein Schäflein nicht in die Irre gehen lassen wird.

Das vordere Wohnzimmer war nach Herrn Buttlers Besuch nicht wieder in den Zustand trostloser Verwahrlosung zurückgesunken, sondern wurde allmählich der Sammelplatz der Familie am Abend, und bei Tage wurden Besucher hineingeführt, die gar bald herausfanden, daß die Morgans lange nicht so zugeknöpft waren, wie man vermutet hatte.

Ich kann die kleinen Veränderungen nicht alle aufzählen; aber versichern kann ich euch, daß der eisige Hauch, der über der Familie lag, Luisens sonnigem Wesen weichen mußte.

An jenem Maimorgen freilich schien wohl die Sonne draußen mit goldenem Licht; aber im Haus herrschte die düsterste Stimmung, hatte doch Hans seine oft wiederholte Drohung zur Ausführung gebracht und sich eines Abends auf und davon gemacht, niemand wußte wohin.

Kein Wunder, daß die Sorge bleischwer auf den Gemütern lastete und selbst Luise tränenden Auges mit der Frage vor ihrem Gott stand: „Herr, warum?"

Hans war in den letzten Monaten mehr denn je das Sorgen- und Angstkind der Familie gewesen, und trotz der vielen Gebete, die von seinen Geschwistern für ihn zu Gott gesandt wurden, war er stetig rückwärts gegangen. Es war längst keine Rede mehr davon, daß er die Familie zur Kirche oder Gebetsstunde begleitete, ja sobald irgend jemand es nur wagte, ein ernstes Wort an ihn zu richten, kehrte er dem Betreffenden unwirsch den Rücken und ging davon. Fast jeden Abend verbrachte er in der Dorfschenke, und die Luft seines Zimmers war verdorben durch Tabakrauch und Alkoholgeruch. Mit schwerem Herzen betrat Luise jeden Morgen das Zimmer ihres Schwagers, das treue Hände und liebende Herzen im Laufe der Zeit so gemütlich gemacht hatten. Es war nicht mehr das kahle, verwahrloste Loch, das Luise am Anfang so entsetzt hatte, sondern der wärmere

Hauch, der das Haus durchströmte, war bis in Hansens Mansarde gedrungen, und Weihnachten, Neujahr sowie des jungen Mannes Geburtstag boten willkommenen Anlaß, das Mobiliar in derselben zu vervollständigen. Eines Tages hatte Luise sogar gewagt, eine hübsch gebundene Bibel neben das Bett zu legen; aber zu ihrem Kummer entdeckte sie dieselbe am folgenden Morgen hoch oben auf dem Bücherregal, wo allerlei alte, außer Gebrauch stehende landwirtschaftliche Blätter von einem Jahr zum andern aufbewahrt wurden.

Hans Morgan schien mit aller Vorbedacht sein zeitliches und ewiges Leben verspielen zu wollen, ohne daß er einem seiner Angehörigen erlaubte, ihn zu warnen. Aber so verzweifelt die Lage auch aussah, so hielten die treuen Geschwister je länger je mehr an, für ihn vor dem Thron des himmlischen Vaters einzustehen, zumal jetzt, wo das Gefürchtete eingetroffen war und Hans das elterliche Haus im Zorn und ohne Geld verlassen hatte.

Was besonders die arme Mutter in den vorhergehenden Wochen durchgemacht hatte, merken wir daran, daß sie sich eines Tages so weit demütigte, daß sie ins Zimmer ihrer Schwiegertochter kam, um sie zu bitten, doch für den armen Hans zu beten.

„O Mutter, ich kann wohl sagen, daß kaum eine Viertelstunde vergeht, ohne daß ich für ihn bete", hatte Luise geantwortet; „aber wer könnte besser für ihn einstehen als seine Mutter? Willst du nicht selbst für ihn beten?"

„Ich verstehe mich nicht aufs Beten", hatte die arme Frau geantwortet und sich dann rasch entfernt, um ihre Bewegung zu verbergen. Kein Mensch erfuhr, daß sie dann in der Stille der Nacht in ihrer Herzensangst sich an Gott wandte mit den Worten: „O Gott, wenn du die Menschen in ihrer

Not hörst, dann höre auch mich und verhindere, daß mein Hans fortgeht!" Es lag ja in diesen Worten keine Spur von Ergebung in Gottes Willen, sondern einfach ein Anklammern an eine unsichtbare und ungekannte Macht in der höchsten Not; aber es war doch der erste Gebetsversuch, den Frau Morgan seit vielen Jahren gemacht hatte.

Als aber Hans trotz allem den verhängnisvollen Schritt tat, ohne daß die unsichtbare Macht ihn zurückgehalten hätte, da machten sich Frau Morgans Kummer und Sorge in den ungerechtesten Vorwürfen gegen ihre Umgebung Luft. „Es wundert mich nicht, daß dem armen Jungen das Haus verleidet worden ist", sagte sie zu Luise; „seitdem du im Haus bist, hast du ihn ja beständig mit Kirchen- und Versammlungslaufen gequält. Und sogar in seinem Zimmer hat man ihm keine Ruhe gelassen, sondern es mit allerlei unnützem Zeug angefüllt. Ich verbiete jetzt ein für allemal das ewige Beten und scheinheilige Reden in meinem Haus, das nur Schaden anrichtet."

„Wenn du ihm eine vernünftige Schwester gewesen wärst", sagte sie zu Dorothea, „dann wäre der arme Hans auch nicht soweit gekommen; du hast ihm nicht das Geringste zuliebe tun können. Mit dem Karl Martyn kannst du schäkern und scherzen, aber für deinen eigenen Bruder hast du kein freundliches Wort gehabt!"

O wie schnitten diese harten Reden der armen Dorothea ins Herz! Mußte sie sich doch anklagen, daß sie tatsächlich ihrem Bruder jahrelang kein freundliches Wort gesagt hatte, wenn sie sich in den letzten Monaten auch alle Mühe gegeben hatte, das Versäumte wieder gutzumachen.

Auch Vater Morgan blieb nicht von bitteren Vorwürfen verschont; die arme Mutter vergaß, daß Hans verächtlich alles Geld von vornherein rundweg abgeschlagen hatte und sagte: „Ich begreife nicht, wie du den Jungen ohne einen Pfennig Geld in die Fremde hast gehen lassen können! Da hätte ich doch wahrhaftig lieber alle Scheunen leer gemacht, um genug bares Geld im Haus zu haben. Der Hans ist doch dein Sohn so gut wie der Ludwig. Mich wundert es nicht, daß er auf und davon ist, nachdem du ihn wie einen Knecht behandelt hast. An seiner Stelle wäre ich schon lange fortgelaufen!“

Herr Morgan war nicht der Mann, der solche Vorwürfe stillschweigend in die Tasche gesteckt hätte, und so flogen bittere Reden und harte Worte hinüber und herüber, so daß Luise oft den Jammer nicht mehr mit anhören konnte und sich gar manchesmal weinend in die Stille ihres eigenen Zimmers zurückzog.

Das allerschlimmste aber war, daß selbst Luisens starker Glaube in dieser schweren Zeit bedenklich ins Wanken kam und immer wieder die Frage in ihr aufstieg: „Warum hat Gott das alles zugelassen?“ Hatte sie nicht vom ersten Tag ihres Hierseins an versucht, den Herrn in ihrem Wandel zu verkündigen? Warum bekannte sich nicht Gott zu den Gebeten seiner Kinder und ließ es zu, daß die Mutter sich mehr und mehr verhärtete?

21. In der Klemme

Als Hans an jenem Abend so zornig seinem Vaterhaus den Rücken wandte, wußte er selbst noch nicht, was er eigentlich tun wollte. Fürs erste richtete er seine Schritte nach der Dorfschenke, wo er in der letzten Zeit so manchen Abend verbracht hatte; da sein Benehmen nicht anders war als sonst, merkten seine Zechgenossen nicht, daß er vor einem kritischen Abschnitt seines Lebens stand. Hans selbst machte sich dies so wenig klar, daß er nach alter Gewohnheit den Heimweg einschlug, nachdem er in später Nachtstunde das Wirtshaus verließ. Plötzlich aber stand er einen Augenblick still und wandte sich dann kurz entschlossen der entgegengesetzten Seite zu, wo die nächste Eisenbahnstation lag. Nachdem er ein Billett nach der Hauptstadt gelöst hatte, entdeckte er, daß ihm nur knapp eine Mark blieb. Mit geringschätzigem Lächeln suchte er sich einen bequemen Platz im Zug und vergaß bald seine heikle Lage in einem festen Schlaf. War es möglich, daß er die Heimat verließ, ohne eine Spur von Reue zu empfinden über den Kummer, den er den Seinen verursachte? Zu seiner Entschuldigung müssen wir gestehen, daß er keine Ahnung hatte, wie bitter seine Mutter unter seinem Betragen litt. Frau Morgan hatte in den langen Jahren so vortrefflich gelernt, ihre Gefühle unter einer harten Außenseite zu verbergen, daß selbst ihre nächsten Angehörigen nicht wußten, was in ihrem Innern vorging, ja Hans glaubte, mit vollem Recht sagen zu dürfen, daß seine Mutter ihn nicht liebe. Er hätte seinen Augen nicht getraut, wenn er gesehen hätte, wie bitterlich Frau Morgan daheim weinte, während er sorglos der Stadt zufuhr.

Es würde zu weit führen, wenn wir den jungen Mann auf

seinem weiteren Lebensweg Schritt für Schritt verfolgen wollten; wir würden schaudern vor den Abwegen, auf die er geriet, wir würden aber auch staunen, von wie manchem Abgrund des Elends und der Verworfenheit er wie von unsichtbaren Händen zurückgehalten wurde. Droben in der Ewigkeit wird uns die Macht der Fürbitte einmal erst recht offenbar werden, wenn wir sehen, wie oft die Gebete treuer Eltern, Geschwister oder Freunde eine Seele aus dieser oder jener Versuchung gerettet haben.

Immerhin sank Hans in tiefes Elend, in Sünde und Verkommenheit. Anfangs erfüllte ihn der Gedanke mit Genugtuung, daß er sein eigener Herr sei, daß niemand ihm etwas zu befehlen habe, und er je nach Belieben arbeiten oder feiern konnte; bald aber mußte er erfahren, daß in der Stadt nicht immer Arbeit zu finden war, wenn man Lust dazu verspürte, und daß es nicht so leicht war, sein tägliches Brot zu verdienen, wie er gedacht hatte. Gar manchen Tag hatte er kaum ein Stück trockenes Brot zu essen, seine Kleider waren schadhaft, seine Schuhe durchlöchert, und wenn er sich nach Arbeit erkundigte, wurde er häufig rauh abgewiesen. Wie ganz anders hatte er sich das Leben der Freiheit vorgestellt! Es fiel ihm nie ein, demütig ins Elternhaus zurückzukehren, ja, er gestand es sich nicht einmal ein, daß er sich nach dem heimatlichen Boden sehnte und daß er nicht ohne Wehmut an sein eigenes Stübchen denken konnte, das ihm so lieb geworden war, trotzdem er mit keinem freundlichen Wort die mancherlei Veränderungen in demselben anerkannt hatte.

Wenn wir Hans Morgan an einem Oktobertag in der Stadt begegnet wären, so hätten wir ihn sicher nicht erkannt, so verwildert und ausgehungert sah er aus; seine Mutter hätte sich empört abgewandt, wenn ein Bettler sich in einem solchen Aufzug vor ihrer Tür hätte blicken lassen; und was hätte sie wohl gesagt, wenn sie ihren Sohn jetzt hätte sehen können!

Trotz aller bitteren Erfahrungen, die Hans in der Fremde gemacht hatte, war er noch keineswegs gedemütigt. Da er in der Stadt keine Arbeit finden konnte, wollte er auf dem Land sein Glück versuchen. Da er sich zu schwach fühlte, um zu gehen, stahl er sich in einen Güterzug und fuhr auf diese Weise mehrere Stationen aufs Land hinaus. Der erste Bauer, den er um Arbeit bat, gab ihm Gelegenheit, sich ein Frühstück zu verdienen, indem er ihm auftrug, das Holz in der Scheune aufzuschichten. Als Hans noch nicht lange bei der Arbeit war, rief der Bauer: „Komm herein zum Frühstück und nehmt zuerst an unserer Morgenandacht teil!“

„Die Morgenandacht schenke ich euch“, entgegnete Hans erregt; „ich habe euch gebeten, mir etwas zu essen zu geben, und nicht, daß ihr mit mir beten sollt.“

„Ihr sollt euer Frühstück haben“, sagte der alte Mann ernst; „aber es wird euch wohl nichts schaden, wenn ihr Gott erst dankt, daß er euch Gelegenheit gibt, euch ein ehrliches Brot zu verdienen.“

„Wenn ich mein Essen nicht ohne die Andacht haben kann, will ich überhaupt nichts haben!“ rief Hans zornig und hielt in der Arbeit inne.

„Das könnt ihr halten, wie ihr wollt. Wenn ein Mensch so heruntergekommen ist, daß er nicht einmal ein paar Gebetsworte anhören kann, so verdient er auch kein Essen!“

„Gut, dann hungere ich“, erwiderte Hans zornig und ging fort.

„Du hättest den armen Menschen nicht fortgehen lassen sollen, ohne ihm etwas Warmes zu essen zu geben“, meinte die Bäuerin, während sie dem Davoneilenden mitleidig nachsah. „Vielleicht hat er sich nur geschämt, in so zerrissenem Aufzug in ein anständiges Haus zu kommen."

„Das hätte er ja nur zu sagen brauchen", antwortete der Bauer ernst. „Ich fürchte aber vielmehr, daß an dem Menschen überhaupt Hopfen und Malz verloren ist; es ist traurig, wenn einer nicht einmal mehr ein paar Gebetsworte mit anhören kann!"

Hans war allerdings körperlich wie geistig in einer traurigen Verfassung, aber ganz so schlimm war er doch nicht, wie es den Anschein hatte. Seitdem er von zu Haus fort war, hatten sich seine Gedanken oftmals, ganz gegen seinen Willen, mit der ersten Andacht an jenem Sonntagabend beschäftigt, und darum vermied er es ängstlich, unter irgendwelchen religiösen Einfluß zu kommen. Lieber wollte er Hunger leiden. Statt ihn mürbe zu machen, verbitterte ihn sein Elend nur mehr und mehr.

Eine Weile schritt er planlos weiter; bald aber fühlte er seine Kräfte sinken, so daß er endlich notgedrungen an die Tür eines Bauernhauses pochte und um ein Stückchen Brot bat.

„Kommt nur herein und ruht euch ein wenig aus", sagte eine freundliche Bäuerin. „Ich will euch gleich etwas heißen Kaffee holen, der wird euch guttun. Ihr habt wohl kein Heim mehr? Am Ende ist eure Mutter auch schon tot?"

Als Hans eben antworten wollte, daß seine Mutter noch lebe, überkam ihn plötzlich eine unsagbare Angst. Was konnte in den sechs Monaten daheim alles passiert sein? Wußte er so bestimmt, daß seine Mutter noch am Leben war, nachdem er so lange Zeit nichts von seinen Angehörigen gehört hatte? Dieser Gedanke beschäftigte ihn so sehr, daß er darüber fast das vor ihm stehende herrlich duftende Frühstück vergaß.

Unterdessen plauderte seine freundliche Wirtin unbefangen weiter. „Es muß hart sein, so gar keine Heimat auf der Welt zu haben", sagte sie; „aber unser Heiland hat selbst sein Heim aufgegeben und hatte auf Erden keinen Ort, wohin er sein Haupt hinlegen konnte, und er hat es für uns getan, um uns eine Wohnung im Himmel zu bereiten. Hoffentlich ist dort oben auch euer Name angeschrieben, junger Mann; wie?"

Als Hans auch darauf nicht antwortete, wandte sich die Frau traurig ab. „Offenbar versteht er nicht, was ich meine", sagte sie sich; „wahrscheinlich hat noch nie jemand mit ihm vom Heiland gesprochen." Sie sann ein Weilchen nach, dann ging sie wieder auf Hans zu, während sie in der einen Hand einen Teller mit kleinen Kuchen und in der anderen ein Kärtchen hielt.

„Steckt die Kuchen in die Tasche", sagte sie, „und wenn ihr lesen könnt, so seht manchmal auf diesen Spruch. Wollt ihr es mir versprechen? Der Jesus, von dem hier die Rede ist, ist auch heute noch bereit, jedem zu helfen, der sich von ihm helfen lassen will. An eurer Stelle würde ich nicht einen Tag länger zögern, mich ihm anzuvertrauen!"

Hans steckte notgedrungen die Karte ein in der Absicht, sie bei der nächsten Biegung des Weges fortzuwerfen. Als er aber neugestärkt durch die kräftige Mahlzeit auf der Landstraße einherging, holte er unwillkürlich die Karte hervor und las folgendes: „Es ist je gewißlich wahr, und ein teuer, wertes Wort, daß Christus Jesus gekommen ist in die Welt, die Sünder selig zu machen"; darunter stand: „Ich bin das Brot des Lebens. Wer zu mir kommt, den wird nicht hungern"; und: „Der Meister ist da und ruft dich!"

„Unsinn", brummte Hans vor sich hin und steckte den Zettel wieder zu sich, während er der nächsten Eisenbahnhaltestelle zuschritt. Es war seine Absicht, noch weiter aufs Land hinauszufahren; als der Güterzug sich jedoch in Bewegung setzte, merkte er, daß derselbe offenbar in die Stadt zurückfuhr. „Macht auch nichts!“ sagte er sich schließlich. „Ich kann mein Heil noch einmal in einem anderen Teil der Stadt versuchen!“

Als jedoch der Zug endlich hielt, befand er sich in einer ihm vollkommen unbekannten Gegend der Stadt. „Wo soll ich nun hingehen, nach Norden, Süden, Osten oder Westen?“ überlegte er. „Ich will es mit dem Süden versuchen; es ist im Grunde doch einerlei, wo ich hingehe.“

So dachte Hans und ahnte nicht, daß er gerade jene Richtung wählen mußte, weil der Gute Hirte heute um jeden Preis sein verlorenes Schäflein zur Herde zurückbringen wollte!

22. Unsichtbare Seile

Die Gemeindeglieder, die sich zur großen Friedenskirche hielten, mußten heute offenbar Wichtiges miteinander zu besprechen haben; denn nach Beendigung des Vormittagsgottesdienstes ließen sich die meisten von ihrem Pastor eine Anzahl zierlicher, schön beschriebener Kärtchen geben, und dann standen sie im eifrigen Gespräch gruppenweise beieinander. Ein junges, auffallend hübsches Mädchen schien nicht an der allgemeinen, sichtlich gehobenen Stimmung teilzunehmen, sondern blieb offenbar nur stehen, weil sie auf ihre Mutter wartete.

„Stella, willst du dir nicht auch von Herrn Lindham einige Kärtchen geben lassen? Ich höre soeben, daß sich noch niemand gefunden hat, der die Regentenstraße übernehmen könnte, und du hättest Zeit, den kleinen Umweg zu machen."

„Aber ich kann doch nicht wildfremden Leuten die Einladungskarten anbieten, Mama!" entgegnete das junge Mädchen sichtlich bestürzt. „Gewiß erwartet dies auch niemand von mir, nachdem ich mich noch nie mit derlei Dingen abgegeben habe. Ich meine, wenn du eine Anzahl Karten verteilst, ist es vollständig genug."

„Ich habe die Promenadenstraße übernommen", antwortete die ältere Dame ruhig. „Glaubst du nicht, daß Luise mit Freuden diese Gelegenheit benutzt hätte, um Seelen für den Herrn zu gewinnen?"

„Aber Mama, du weißt doch, daß ich nicht mit Luise zu vergleichen bin und sie nirgends ersetzen kann."

„Warum nicht, Herzchen? Ist es denn so besonders schwer, einem Vorübergehenden eine Einladungskarte zu geben und gelegentlich ein Wort der Ermunterung beizufügen, wenn man sieht, daß jemand sich nicht gleich zur Annahme entschließen kann?"

„Was wird man von mir denken, wenn ich die Leute zu Versammlungen einlade; ich gehöre ja nicht zu den Frommen."

Einen Augenblick betrachtete Frau Barrows ihre Tochter schweigend, dann sagte sie: „Wenn auch du nichts vom Heiland wissen willst, so kannst du doch wenigstens wünschen, daß andere zu ihm kommen. Vielleicht kannst du jemand eine Gelegenheit dazu bieten, der noch nichts vom Heiland gehört hat und der den Weg des Heils noch nicht kennt. Willst du das nicht versuchen?"

„Ja, Mama", entgegnete Stella leise, aber bestimmt, und holte sich eine Anzahl Karten. Und was stand auf diesen Karten? Nichts weiter als eine freundliche Einladung zum heutigen Abendgottesdienst, den ein berühmter Evangelist halten wollte, und darunter war der Vers angeführt: „Der Meister ist da und ruft dich!"

Stella fragte sich unwillkürlich, ob der Meister wirklich auch sie rufe; aber sie vermied es, ernstlich darüber nachzudenken. Wenn sie sich dazu hätte überwinden können, wäre sie gerettet gewesen; so aber nahm sie sich nie die Zeit, um herauszufinden, ob der Meister auch an sie persönlich den Ruf ergehen ließ.

Stella betrat die Regentenstraße mit klopfendem Herzen, und der erste Mensch, der ihr begegnete, war – Hans Morgan! Erstaunt blickte er das junge Mädchen an, das ihm schüchtern eine Karte reichte mit den Worten: „Bitte, wollen Sie diese Karte annehmen?" Ohne die Karte anzunehmen, starrte er auf das liebliche Gesicht vor ihm und zerbrach sich den Kopf, wo er dasselbe schon einmal gesehen hatte.

Stella wußte nicht recht, was sie mit dem sonderbaren Menschen anfangen sollte; nach einer Weile wiederholte sie leise ihre Bitte und fügte bei: „Die Kirche ist jeden Abend gestopft voll, und es wird sehr schön gesungen."

Wie aus einem Traum erwachend, nahm Hans den dargebotenen Zettel und ging ohne Dank oder Gruß weiter.

„Wie merkwürdig er mich angesehen hat, gerade als ob er noch nie einer Dame begegnet wäre!" sagte sich Stella. „Jedenfalls sieht er aus, als ob er recht notwendig einen Freund brauchen könnte. Der arme Mensch tut mir leid; wenn er nur in die Versammlung käme! Aber das wird er jedenfalls nicht tun." Stella glaubte wirklich, daß die Liebe Jesu in das Leben eines solch unglücklichen Menschen eine große Veränderung bringen würde; aber es kam ihr nicht in den Sinn, daß sie, die glückliche, verwöhnte Stella Barrows, denselben Heiland nötig habe.

„Was ist nur in die Leute heute gefahren, daß sie mich mit Bibelsprüchen verfolgen!" brummte Hans, während er die Karte aufmerksam betrachtete. Es kam ihm merkwürdig vor, daß auf den beiden Karten, die er bekommen hatte, derselbe Spruch stand; aber er hielt sich dabei nicht weiter auf und dachte den ganzen Tag nicht mehr an den Vorfall vom Morgen. Erst am Abend, als er achtlos durch die Straße schlenderte und an einer großen Kirche vorbeikam, fiel ihm der schöne Gesang auf, der aus derselben erklang.

„Ist es möglich, daß das gerade die Kirche ist, in der die Versammlungen abgehalten werden?" fragte er sich unwillkürlich und zog die Karte aus der Tasche hervor. Ja, richtig, da stand der Name der Kirche, vor welcher er sich befand. Viele nennen dieses merkwürdige Zusammentreffen einen Zufall, wir aber wissen, daß es in unserem Leben kein blindes Ungefähr gibt, sondern daß eine weise Vaterhand auch die kleinsten Ereignisse für uns ordnet.

Hans hatte keineswegs Lust, in die Kirche einzutreten, er wollte nur von außen dem Gesang und schönen Orgelspiel zuhören. Als aber die Worte des Liedes an sein Ohr drangen:

„Komm heim, komm heim, o müder Wandrer,
O du irrende Seel',
Vom Vaterhaus fern
Winkt dir nirgends ein Stern.
O verlorenes Kind,
Komm heim; ach komm heim!"

Da überkam ihn ein unwiderstehliches Heimwehgefühl, so daß seine Augen sich wider seinen Willen mit Tränen füllten. Um jedes Wort zu verstehen, näherte er sich der halbgeöffneten Kirchentür und warf dabei einen Blick in die große Zuhörermenge, die nicht nur aus feingekleideten Leuten, sondern auch aus schlichten Arbeitern und recht verkommen aussehenden Menschen bestand. Plötzlich kam ein junger Herr auf ihn zu und nötigte ihn, in die Kirche zu kommen.

„In meinem Aufzug kann ich mich nicht in einer Kirche sehen lassen", entgegnete Hans ausweichend.

„Ihr Anzug schadet gar nichts, denn es sind genug Leute im Arbeitskittel hereingekommen. Ich will Ihnen einen guten Stehplatz zeigen."

Hans fühlte, daß er nicht mehr widerstehen konnte, und ließ sich von dem freundlichen Herrn willenlos führen. Er kam gerade, als der Geistliche die Kanzel bestieg und das bedeutungsvolle Schriftwort las: „Freund, wie bist du hereingekommen und hast doch kein hochzeitlich Kleid an?"

Der Geistliche las die Frage in einem Ton vor, als ob er an jeden einzelnen in der großen Versammlung die Frage persönlich richte. Hans fuhr zusammen und fragte sich, ob es möglich wäre, daß der Geistliche ihn von der Kanzel herab angeredet habe. Als er aber sah, daß die Umstehenden offenbar nichts Befremdendes an ihm fanden, wandte er wieder seine ganze Aufmerksamkeit dem Prediger zu und lauschte gespannt dessen Worten, die einen gewaltigen Eindruck auf ihn machten. Was war es nur, das den armen, jungen Menschen fesselte? Woher kam es, daß ihm plötzlich war, als stände er selbst vor dem himmlischen Bräutigam und hätte kein hochzeitliches Kleid an. Er hatte Lust zu fliehen; aber wohin? Er fühlte wohl, daß dem Auge des Allsehenden kein Versteck zu dunkel war, in das er nicht hineindringen konnte.

Nach einem kurzen, zu Herzen gehenden Gebet des Geistlichen erklangen vom Chor herab die bittenden Worte der Sänger:

„O kehrt zurück, säumt länger nicht,
Entflieht der ew'gen Qual,
Denn bald erlöscht der Gnade Licht,
Dann höret auf die Wahl!
Kommt eilend, kommt!"

Hans erkannte unter den Sängern die Dame, die ihm am Morgen die Einladungskarte gegeben hatte, und ihr Gesicht weckte wiederum in ihm Erinnerungen auf, von denen er sich keine Rechenschaft zu geben vermochte.

Nach dem Gesang sprach der Geistliche nicht wie sonst den Segen, sondern er wandte sich an seine Zuhörer mit den Worten: „Ich weiß, meine Freunde, daß manche unter euch sind, denen es zum Bewußtsein gekommen ist, daß sie verstummen müßten, wenn unser Herr heute leibhaftig vor sie träte mit der Frage: ‚Freund, wie bist du hierher gekommen und hast doch kein hochzeitlich Kleid an?' Wollt ihr die Angelegenheit nicht heute in Ordnung bringen, ehe es zu spät ist? Fasset Mut und tretet vor, damit wir miteinander den Herrn um seinen Geist bitten können. Bedenket wohl, daß ihr mit Vernunft begabte Leute seid, die sich entscheiden können, wenn sie nur wollen, für den Herrn oder wider ihn! Aber ich beschwöre euch bei eurem Seelenheil: Tretet der Lösung jener wichtigen Frage näher, und ich kann euch versichern, daß unser himmlischer Meister das Seine tun wird, um euch glücklich und selig zu machen. Kommt! Ich bitte euch!"

Hans stand unschlüssig da und zauderte, welcher Stimme in seinem Innern er gehorchen sollte; die eine raunte ihm zu: „Mach, daß du hinauskommst; du glaubst ja doch kein Wort von dem, was hier geredet wird, und überhaupt geht dich die ganze Sache nichts an", und die andere flüsterte: „Doch, es geht dich an, und du glaubst es auch!" Er konnte nicht sagen, wie es kam, daß er plötzlich mit vielen anderen vor dem Altar niederkniete und gar nicht mehr daran dachte, daß er bis jetzt nur Hohn und Spott für alles hatte, was mit der Kirche zusammenhing.

Gerade, als er niederkniete, schlug die Uhr neun, und um dieselbe Zeit knieten in seiner fernen Heimat vier Menschen in drei verschiedenen Zimmern vor ihrem Gott, um für den armen, verlorenen Hans zu beten, daß der Herr ihn endlich finden möge. Hans ahnte nicht, daß Ludwig, Luise, Dorothea und Karl Martyn sich das feierliche Versprechen gegeben hatten, jeden Abend um die neunte Stunde für ihn zu beten. Keine der treuen Seelen wußte, daß der Herr an jenem Abend seine Verheißung wahrgemacht hatte: „Wenn sie noch reden, will ich hören!"

Viele sogenannte Christen würden nicht zugeben, daß zwischen jenen allabendlichen Gebeten der Geschwister und der Lebensführung des Hans irgendein Zusammenhang bestand, aber gottlob mehrte sich doch heutzutage die Zahl derer, die es bezeugen können, daß es tatsächlich Ketten gibt, die von den Gläubigen zum Herrn hinaufreichen, und deren er sich wiederum bedient, um verlorene Sünder aus dem Elend zu erretten.

23. „Wehret ihnen nicht“

Dieser erste Sommer auf dem Land war für Luise unsagbar schwer, so daß sie manchesmal mit tränenschweren Augen vor ihrem Herrn stand und ihn fragte: „Herr, wie lange noch? Siehst du denn nicht, wie der Mutter Herz sich je länger je mehr in dieser Trübsalszeit verhärtet und wie der Vater in den letzten Monaten um Jahre gealtert ist? Willst du mich nicht brauchen, um den Armen aus ihrem Jammer herauszuhelfen! O, es bricht mir beinahe das Herz, wenn ich Tag für Tag mit anhören muß, wie die beiden sich durch bittere Vorwürfe das Leben nur noch schwerer machen! Herr, ich habe dir dienen wollen vom ersten Tag meines Hierseins an, und ich sehe keine Frucht meiner Bemühungen. Stella, für die ich seit Jahren gebetet habe, ist noch immer das sorglose Weltkind, das sich dir nicht ausliefern will, und Hans, den ich dir so ans Herz gelegt habe, ist vollends auf Abwege geraten!“

Die arme Luise hielt sich bei den Dornen auf und übersah die Röslein, die sich in und außerhalb des Hauses trotz der herrschenden Stickluft entfalteten! In ihrer gedrückten Stimmung beachtete sie nicht genügend, wie Dorothea am innern Menschen wuchs und der Herr sich sichtlich zu ihr bekannte. Das schüchterne Mädchen bekam offene Augen für ihre Umgebung und stellte sich gern zur Verfügung, wo es galt, für den Herrn zu wirken. Sie gab die erste Anregung zu der Sonntagsschule, die im Laufe des Sommers im kleinen Schulhaus eingerichtet und seitdem von den Kindern der Nachbarn fleißig besucht wurde. Ludwig war der Leiter der Schule, Luise, Dorothea, Jenny Capron und Karl Martyn hatten die einzelnen Gruppen übernommen, und gegen

Ende kam gewöhnlich Herr Buttler, um noch ein paar Worte zu den Kindern zu sprechen.

Eines Tages hörte der junge Geistliche zufällig eine Äußerung Dorotheas, die zwar nicht für sein Ohr bestimmt war, aber ihm viel zu denken gab. Karl Martyn hatte Dorothea seine Freude ausgedrückt über die zu Herzen gehenden Worte, die Herr Buttler an die Kinder gerichtet hatte.

„Ja“, antwortete das junge Mädchen; „man hat den Kindern angesehen, daß sie ergriffen waren. Es ist merkwürdig, welchen Unterschied es macht, ob Herr Buttler frei redet oder ob er in der Kirche seine Predigt von einem Blatt abliest. Wenn er frei redet, habe ich immer den Eindruck, als ob er jedes Wort aus persönlicher Erfahrung spräche.“

Der Pastor gab den Plan, mit seinen treuen Freunden spazierenzugehen, auf und ging nachdenklich heim. Eine Frucht dieser in der Stille verlebten Abendstunden war es wohl, daß er an den folgenden Sonntagen frei zu seiner Gemeinde sprach, statt wie es sonst in England und Amerika üblich ist, die Predigt abzulesen. Freilich, die Gemeindeglieder mußten sich erst an die Veränderung gewöhnen; sie meinten anfangs, ihr Pastor habe sich nicht die Zeit genommen, seine Predigt auszuarbeiten, und ahnten nicht, wie viele Stunden Herr Buttler darauf verwendet hatte, um sich für den Gottesdienst vorzubereiten. Bald fanden sie aber heraus, daß sie die Predigten viel besser als früher behalten konnten, und sie merkten ihrem Geistlichen an, daß es ihm heiliger Ernst war, ihnen das Wort Gottes nahezubringen. Wie leuchteten die Augen des Geistlichen dankbar auf, als nicht nur des Sonntags die allgemeine Aufmerksamkeit zunahm, sondern als selbst mittwochs die Betstunden mit der Zeit besser besucht wurden!

Nachträglich will ich den lieben Lesern noch einen Charakterzug von der kleinen Nellie anführen, die zu den Kindern gehörte, die nicht viel von sich reden machen, aber ein offenes Ohr und ein empfängliches Herz haben für alles, was um sie her vorgeht.

An einem unfreundlichen, naßkalten Herbsttag war die Stimmung im Haus besonders drückend, war doch gerade Hansens Geburtstag und Frau Morgan darum besonders gereizt und unnahbar. Kein Wunder, daß die kleine Nellie sich schließlich in das stille Zimmer ihrer Schwägerin flüchtete und die Bilder eines ihrer Lieblingsbücher besah, während Luise mit einer Näharbeit am Fenster saß und ihren traurigen Gedanken nachhing. Plötzlich drang Nellies feines Stimmchen an ihr Ohr und riß sie etwas aus ihren düsteren Grübeleien.

„Weißt du, Luise, was der Heiland zu den Kindern gesagt hat, als er sie damals auf die Arme nahm?"

„Du weißt doch selbst, Herzchen, daß er sie gesegnet hat", entgegnete Luise geistesabwesend.

„Das schon; aber ich möchte so gern genau die Worte wissen, die er dabei gesagt hat. Ach, wenn ich ihn nur damals hätte hören können!"

„Die genauen Worte weiß ich nicht; aber ich denke mir, daß er seinen Vater gebeten hat, er möge sich ihrer annehmen und sie zu seinen Kindern machen."

„Ach, wenn ich nur dabeigewesen wäre!" wiederholte die Kleine in so sehnsüchtigem Ton, daß Luise forschend zu ihr aufsah und entdeckte, wie die großen Kinderaugen mit Tränen gefüllt waren. Sie zog Nellie heran, legte liebevoll den Arm um sie und fragte in herzlicher Teilnahme: „Was bekümmert dich, Herzchen? Sage mir, warum du weinst?"

„Ich weiß selbst nicht recht warum", versetzte die Kleine, „aber ich möchte so gern haben, daß der Heiland mich selbst rufen und zu mir sagen würde: ‚Komm her zu mir, Nellie!' Ich würde mich keine Minute besinnen, sondern so schnell als möglich zu ihm laufen; es sieht aber gar nicht danach aus, als ob er sich um mich kümmere. Meine Sonntagsschullehrerin hat gesagt, wir sollten dem Heiland unser Herz geben; aber ich weiß gar nicht, wie man das anfangen soll. Wenn ich ihn nur selbst fragen könnte, was er von mir haben will, dann wäre alles gut! An das alles habe ich gerade gedacht, und darum habe ich weinen müssen."

Unwillkürlich kamen Luise die Worte in den Sinn: „Lasset die Kindlein zu mir kommen und wehret ihnen nicht! Und die Jünger fuhren sie an." War es möglich, daß sie eines der Kleinen, wenn auch nicht gerade angefahren, so doch übersehen hatte, während sie klagte, daß der Herr keine Arbeit für sie habe. O, wie schmerzte sie diese Entdeckung, und mit welch' zärtlicher Liebe wandte sie sich an die Kleine!

„Du armes Lämmchen!" sagte sie innig. „Hat dir kein Mensch den Weg zum Guten Hirten zeigen wollen? Du kannst gerade so leicht zu ihm kommen, wie wenn er noch auf Erden wäre; er ruft dich heute noch gerade, wie er vor vielen hundert Jahren die Kinder zu sich gerufen hat. Hast du den Heiland lieb, Nellie, und willst du ihm Freude machen?"

„Ja, ich habe ihn lieb, und ich will ihm auch Freude machen; aber ich vergesse es immer wieder, und wenn ich mir auch vornehme, nie mehr unartig zu sein, so bin ich es doch immer wieder. Ich weiß mir gar nicht zu helfen."

Die arme Kleine mußte dasselbe durchmachen wie jedes Herz, das durch den Herrn aufgeweckt worden ist: „Das Gute, das ich will, das tue ich nicht; sondern das Böse, das ich nicht will, das tue ich", und sie konnte noch nicht mit einstimmen in den Triumphgesang: „Gott aber sei Dank, der uns den Sieg gegeben hat durch unseren Herrn Jesum Christum!"

„Ich verstehe ganz gut, wie es dir zumute ist, Schwesterchen", versetzte Luise. „Aber sieh, wenn du den Herrn Jesum liebhast, so hast du ihm gewissermaßen Besitz von deinem Herzen gegeben, und wenn du ihn so liebhast, daß du gern ihm zu Gefallen leben möchtest, dann gehörst du ihm ganz an, und er hat dich gesegnet. Nicht wahr, nun hättest du gern, daß er hier wäre, um mit dir zu beten?"

„O ja!" antwortete Nellie eifrig.

„Als ich ein kleines Mädchen so wie du war, habe ich ganz dasselbe Verlangen gehabt, bis mir einmal eine Dame in der Bibel einen Vers aufgeschlagen hat, in dem deutlich geschrieben steht, daß er für mich gebetet hat, solange er noch auf der Erde war, und dann war ich zufrieden. Höre, was der Heiland gesagt hat, nachdem er seinen Vater gebeten hatte, sich seiner Jünger anzunehmen und sie vor der Sünde zu bewahren: ‚Und, Vater, ich bitte aber nicht allein für sie, sondern auch für die, die durch ihr Wort an mich glauben werden!' also für alle, die durch des Heilands Jünger von ihm hören und an ihn glauben wollen!"

„Dazu gehöre ich auch!" rief die Kleine freudestrahlend. „Nicht wahr, Luise, ich gehöre auch dazu?"

„Natürlich, Herzchen, und nun will ich dir sagen, was ich getan habe, als ich noch so klein wie du war. Ich wollte dem Heiland um jeden Preis angehören und alles so machen, wie er es gern hat, und da hat mich mein Papa ein ganz kurzes Gebetchen gelehrt, das alles ausdrückte: ‚Lieber Heiland, ich übergebe mich Dir; das ist alles, was ich tun kann!' „Willst du das auch beten, Nellie?"

„Ja", erwiderte die Kleine ernst.

So knieten die beiden nieder, während draußen der Sturm die Regentropfen gegen das Fenster peitschte, und im Himmel wurde ein neuer Name in das Buch des Lebens eingeschrieben.

„Der Heiland hat mich angenommen“, sagte Nellie einfach, als Luise sie zärtlich in die Arme schloß; „es ist gar nicht schwer, zu ihm zu kommen, wenn man weiß, wie man es machen muß.“

Wie dankte Luise ihrem Herrn für das Wunder, das er am Herzen ihrer kleinen Schwägerin gewirkt hatte, und wie schämte sie sich ihres eigenen Kleinglaubens, daß sie da und dort Blüten und Früchte gesucht hatte, während sie das Blümlein, das sich zu ihren Füßen entfaltete, unbeachtet ließ!

Eine Stunde später wurde Luise hinuntergerufen, da eine Nachbarin ein paar Worte mit ihr zu sprechen wünschte, und Nellie war ihr gefolgt. Als die Angelegenheit erledigt war, blieb Luise am Küchenfenster stehen und sah in Gedanken vertieft auf den Sturm draußen. In der Küche selbst war es noch ungemütlicher als sonst, weil Frau Morgan einen großen Wandschrank hatte ausräumen und putzen lassen. Während sie die Gewürzschachteln und Beutelchen mit getrocknetem Samen musterte, stand Dorothea auf einer Treppenleiter, um den Schrank wieder einzuräumen. Soeben überlegte sie, wer ihr wohl die altertümliche Schüssel reichen könnte, für die sie gerade einen geeigneten Platz gefunden hatte, als Nellie ihre Gedanken erriet und voll Diensteifer das wertvolle Familienstück mit den Worten ergriff: „Du brauchst nicht herunterzusteigen, Dorie, ich reiche dir die Schüssel.“

Ehe Dorothea Zeit hatte, der Kleinen zu Hilfe zu kommen, rief Frau Morgan mit scharfer Stimme: „Stelle die

Schüssel augenblicklich wieder auf den Tisch, Nellie. Was fällt dir ein?“

Das arme Kind wollte sofort gehorchen, um besonders Luise zu beweisen, daß es ihr Ernst war mit dem Bravsein; aber in ihrer Angst stieß sie mit dem kostbaren Geschirr an den Tisch, so daß der Deckel zu Boden fiel und klirrend zerbrach.

24. Ein Sturm

Einen Augenblick herrschte bange Stille in der Küche, dann aber packte Frau Morgan ihr Töchterchen beim Arm, zerrte es ins angrenzende Schlafzimmer und schlug unbarmherzig auf die Kleine ein, die in den kläglichsten Ausdrücken um Verzeihung bat. Dorothea stand noch immer wie erstarrt auf der Treppenleiter, und Luise preßte verzweiflungsvoll die Hände zusammen und rang mit ihrem Gott, daß er dem peinlichen Auftritt ein Ende machen solle.

Endlich hörten die ängstlich Lauschenden nur noch vereinzeltes Schluchzen aus dem Nebenzimmer kommen, und bald darauf erschien die Mutter, noch bebend vor Erregung, in der Küche.

„Hebe die Scherben auf und wirf sie fort", gebot sie Dorothea; „ich dächte, so viel Verstand könntest du haben, daß man dir so etwas nicht zu sagen braucht. Überlasse mir das Einräumen, ich wollte, ich hätte die Arbeit von Anfang an selbst besorgt, dann hätte ich mir all den Ärger erspart."

„Kann man die Stücke nicht kitten?" wagte Dorothea einzuwenden.

„Tue, was ich dir sage. Ich will mich nicht immer wieder von neuem ärgern, so oft ich die geflickte Schüssel meiner Mutter ansehe; darum ist es besser, wenn sie ganz aus dem Weg geschafft wird."

„Die arme Nellie wollte so gern helfen!" sagte Dorothea leise, während sie die Scherben sammelte.

„Darum ist sie nicht gestraft worden, sondern weil sie ungehorsam war. Wie oft habe ich ihr schon verboten, das Geschirr ohne Erlaubnis anzurühren! Und du, Dorothea, unterstützt sie noch in ihrem Ungehorsam! Ich bitte mir aus, daß du dein falsch angebrachtes Mitleid für dich behältst!“

Dorothea schwieg, aber bald bemächtigte sich ihrer eine neue Sorge. Sie wußte, daß das Fenster im Schlafzimmer offen und ihr zartes Schwesterchen dadurch der naßkalten Luft ausgesetzt war. Was sollte sie tun? Sollte sie die Mutter auf die Gefahr aufmerksam machen? Endlich wagte sie zu fragen: „Darf ich das Fenster im Schlafzimmer schließen, Mutter?“

„Kümmere dich nicht um Dinge, die dich nichts angehen“, lautete die barsche Antwort.

Frau Morgan war in so gereizter Stimmung, daß jede Bemerkung sie nur noch mehr erregte, und als vollends Luise sie bescheiden an Nellies Husten erinnerte und bat, ob sie nicht die Türe zum Schlafzimmer aufmachen dürfe, da erwiderte die Mutter in kaum verhaltenem Zorn: „Bin ich Herrin im Haus, oder bist du es?“

Als Luise sah, daß es nutzlos war, in der Küche zu bleiben, eilte sie in ihr Zimmer hinauf, schloß die Tür hinter sich zu und machte ihrer Erregung in Tränen Luft. Sie hatte während der vorhergehenden Monate zu allen giftigen Reden ihrer Schwiegermutter geschwiegen und das kalte Herz durch Liebe und Sanftmut zu gewinnen versucht; aber nun fühlte sie sich nicht mehr imstande, mehr zu tragen, zumal ihr Mann mehrere Tage abwesend sein mußte und sie sich nicht an seiner Liebe stärken konnte. Es war ihr, als könne sie nicht mehr in dem Haus bleiben, in dem ihr nichts als Demütigungen zuteil wurden. Ein namenloses Sehnen ergriff sie, so schnell als möglich zu ihren eigenen Eltern zu eilen und so lange mit Ludwig dortzubleiben, bis Vater Morgan sich entschloß, seinen verheirateten Kindern ein eigenes Haus zu bauen. O, der Teufel versteht es meisterhaft, einen schwachen Augenblick im Christenleben zu seinem Vorteil auszunützen. Gott sei Dank durfte er aber keinen vollen Sieg über Luise feiern, wußte die junge Frau ja doch, wo allein ihr stürmisch klopfendes Herz zur Ruhe gebracht werden konnte. Nachdem sie sich müde geweint, kam sie plötzlich zur Besinnung; sie fühlte, wie wenig es dem Christen ziemt, so beugte sie sich demütig vor ihrem Herrn und Heiland und klagte ihm ihren ganzen Jammer. Wundert ihr euch, ihr lieben Leser, daß ein seliger Friede auf Luisens Gesicht ausgeprägt war, als Dorothea sie eine Stunde später zum Abendessen rief?

Auch die kleine Nellie saß an ihrem gewohnten Platz, und man merkte ihr nichts weiter an, als daß sie noch stiller als sonst war. Als Luise eintrat, warf die Kleine einen ängstlich fragenden Blick auf sie, gleichsam um sich zu vergewissern, ob ihre liebe Schwägerin auch unzufrieden mit ihr sei; doch durfte sie sich darüber bald beruhigen, denn Luise nickte ihr freundlich zu.

Um Frau Morgan Gerechtigkeit widerfahren zu lassen, dürfen wir nicht meinen, sie sei absichtlich grausam gewesen; hätte sie eine Ahnung davon gehabt, wie kalt es tatsächlich war, so hätte sie Nellie keine fünf Minuten länger draußen stehen lassen; aber ihr war durch die Erregung heiß geworden, und darum fand sie die Einsprachen ihrer Tochter und Schwiegertochter albern und anmaßend. Sie hielt ihre Handlungsweise für vollkommen richtig und machte sich darum auch kein Gewissen daraus, daß sie Luise so scharf angefahren hatte.

In der folgenden Nacht aber ereignete sich etwas, was alle kleinlichen Meinungsverschiedenheiten für den Augenblick aus der Welt schaffte und die verschiedenen Glieder der Familie in banger Sorge einander näherbrachte. Luise erwachte mitten in der Nacht durch Nellies Husten, der im ganzen Haus zu hören war; sie kannte den gefährlichen Laut nur zu gut von ihrem eigenen Schwesterchen her und kleidete sich sofort an, um zur Seite zu sein, sobald jemand ihrer bedurfte. Es dauerte nicht lange, so klopfte Dorothea an ihre Tür und fragte ängstlich:

„Luise, hast du Nellie husten hören? Ich bin bange, daß sie ernstlich krank ist."

„Die arme Kleine hat einen Kruppanfall. Glücklicherweise hat Mama mir das Mittel mitgegeben, das sie in solchen Fällen bei meiner Schwester angewandt hat."

„Wenn Mutter aber der Ansicht ist, daß der Husten belanglos sei?" bemerkte Dorothea zitternd vor Angst.

„Sorge dich nicht um Dinge, die noch gar nicht da sind, Herzchen. Ich glaube, daß die Eltern im Gegenteil in der größten Sorge sind. Mache du vorderhand so schnell als möglich in der Küche Feuer, damit wir bald heißes Wasser bekommen, und ich will sehen, ob ich der Mutter helfen darf."

Und es war hohe Zeit, daß sie der armen Mutter zu Hilfe kam, die ratlos vor dem Bett der Kleinen stand, während Vater Morgan mit zitternden Händen ein Pferd sattelte, um den Arzt aus der nächsten Stadt zu holen.

„Hast du schon heißes Wasser versucht?" fragte Luise, indem sie Nellies Köpfchen aufrichtete.

„Nein, wo soll ich auch mitten in der Nacht heißes Wasser hernehmen?" entgegnete Frau Morgan; „ich weiß mir nicht zu raten noch zu helfen, und wer weiß, wann der Arzt kommen kann!"

„Dorothea hat bereits Feuer gemacht und wird gleich heißes Wasser bringen. Welche Medizin hast du bei früheren Anfällen angewandt?"

„Ich weiß nicht, was der Arzt verschrieben hatte! O Gott, was soll ich anfangen?"

„Darf ich ihr von der Medizin geben, die meiner kleinen Schwester jedesmal gutgetan hat?"

Frau Morgan las die Aufschrift des Gläschens und sagte: „Ja, versuch es einmal!"

Es kostete Mühe, die Kleine zum Schlucken zu bewegen; aber schließlich gelang es doch, ihr einen Kaffeelöffel voll Medizin einzugeben. Wer einen solch heftigen Kruppanfall entweder selbst durchgemacht oder einen lieben Angehörigen daran hat leiden sehen, der weiß, wie überaus wichtig es ist, daß etwaige Erleichterungsmittel zur rechten Zeit angewandt werden. Es war gut, daß Luise Erfahrung in dieser Beziehung hatte und genau wußte, was zu tun war, denn Mutter Morgan konnte sich vor Sorge und Angst kaum auf den Füßen halten und überließ gern ihrer Schwiegertochter alle nötigen Anordnungen.

Dorothea füllte immer wieder heißes Wasser in die Badewanne nach und rieb dem Schwesterchen Hände und Füße warm, während Luise gewissenhaft alle Viertelstunde der kleinen Patientin einen Löffel Medizin eingab. Als gegen Morgen endlich aus der Ferne Pferdegetrappel die Ankunft des Arztes verkündete, durften die drei Frauen die Wahrnehmung machen, daß die Kleine anfing, etwas leichter zu atmen.

„Dank der raschen Hilfe und dieser vorzüglichen Arznei scheint der Anfall für dieses Mal vorüber zu sein", sagte der Arzt, nachdem er die Kranke untersucht und das Medizinglas geprüft hatte. „Es ist merkwürdig, wie vorzüglich diese Tropfen helfen, wenn sie beizeiten angewandt werden! Versäumt man aber den richtigen Zeitpunkt, so ist es sogar für den Arzt beinahe ein Ding der Unmöglichkeit, diese Kruppanfälle erfolgreich zu steuern."

Diese Nacht blieb wohl jedem einzelnen Glied der Familie zeitlebens in Erinnerung. In welcher Angst mochte der arme Vater den Ritt zur Stadt gemacht haben, mußte er sich doch sagen, daß er seinen Liebling möglicherweise bei seiner Heimkehr nicht mehr am Leben finden werde! Und wer vermöchte zu beschreiben, was im Herzen der armen Mutter in jenen bangen Stunden vorging? O, wie flehte Luise zum himmlischen Arzt, daß er schon um der armen Mutter willen die Kleine am Leben lasse! Man konnte ja nichts anderes als Mitleid haben mit der armen Frau, die sich die bittersten Vorwürfen machen mußte über ihr Verhalten am Tage vorher. Selbst die kleine Nellie schien trotz ihrer großen Schwäche ihrer Mutter etwas Liebes antun zu wollen, denn sie zog deren Kopf zu sich herunter und sagte leise: „Ich habe nicht unartig sein wollen, liebe Mama!"

Das war zuviel für die arme Frau; sie, die wochen- und monatelang all ihren Kummer und ihre Sorge zu verbergen gesucht hatte, brach jetzt in einen Strom von Tränen aus.

25. Völlige Übergabe

Mehrmals im Laufe des Tages hatte Luise ihre Schwiegermutter gebeten, nach den Sorgen und Aufregungen der Nacht in ihrem Zimmer ein paar Stunden der Ruhe zu pflegen, während sie und Dorothea auf die kleine Kranke achtgeben wollten; aber Frau Morgan hatte in keineswegs unfreundlicher, aber doch bestimmter Weise das wohlgemeinte Anerbieten abgelehnt. Erst am späten Abend trat sie in Luisens Zimmer.

„Das ist recht, Mutter, daß du kommst", rief Luise; „nun mache es dir auch recht behaglich und lege dich auf mein Bett; ich will dann die schöne warme Decke über dich breiten."

„Warte, Kind, ich bin nicht gekommen, um mich auszuruhen, sondern ich möchte ein paar Worte mit dir reden. Komm, setze dich zu mir ans Feuer, und sieh, ob du mir helfen kannst; ich habe viel durchgemacht."

„Ja, Mutter, das weiß ich", antwortete Luise mitfühlend, „die letzte Nacht war namenlos schwer für dich; aber jetzt ist doch alle Gefahr vorüber, und ich habe mich schon gewundert, wie rasch die kleine Maus sich zu erholen scheint."

„Die letzte Nacht war es nicht allein", sagte Frau Morgan, „ich weiß selbst nicht, woher es kommt, daß mir im Leben alles schiefgegangen ist; an manchem mag ich wohl selbst schuld sein. Ich habe aus meinen Kindern etwas Besonderes machen wollen und muß nun eine Enttäuschung nach der anderen an ihnen erleben. Welch schwere Stunden hat mir vor allem Hans schon bereitet, und wie habe ich mich dadurch verbittern lassen! Schließlich machte ich jeden einzelnen der Familie verantwortlich für die Abwege meines jüngsten Sohnes, nur mir gab ich keine Schuld. Eine Zeitlang, nachdem du zu uns gekommen warst, glaubte ich, du hättest einigen Einfluß auf meinen armen Jungen, und weil du so großes Gewicht aufs Gebet legst, bin ich auch einmal niedergekniet und habe für Hans gebetet. Als meine Befürchtungen aber trotzdem eintrafen und er uns verließ, da war es, als ob mein Herz so hart wie Stein würde und ich gar keine Liebe mehr für meine anderen Kinder hätte. Ich wollte nichts mehr von Gott wissen, weil er mich nicht erhört hatte, und ihr alle wart mir beinahe unausstehlich. Gestern war nun Hansens Geburtstag; ich konnte den Druck, der auf mir lastete, kaum noch ertragen und suchte förmlich nach irgendeinem Anlaß, um meiner Bitterkeit auf die eine oder andere Weise Ausdruck zu geben. Meine arme, kleine Nellie war das Opfer, obwohl ich vom ersten Augenblick überzeugt war, daß sie nicht ungehorsam hatte sein wollen und ich unrecht gegen sie war. O, wie hat mich Gott dafür gestraft! Ich kann niemand beschreiben, was ich in dieser Nacht durchgemacht habe. Wenn das Kind gestorben wäre, hätte ich, glaube ich, den Verstand verloren. Als ich mir in meiner Herzensangst gar nicht mehr zu helfen wußte, wandte ich mich an Gott; ich bekannte ihm, wie hart und widerspenstig ich war und noch bin; wenn er mir aber die Kleine am Leben ließe, wollte ich ihm künftig dienen. Gott hat mein Gebet erhört. Bisher war es mein Grundsatz, jedes gegebene Versprechen zu halten, und dem will ich auch dieses Mal treu bleiben; nur weiß ich nicht, wie ich es anfangen soll, was er überhaupt von mir verlangt. Kannst du mir vielleicht einen Rat geben?"

Luise hatte ihre Schwiegermutter mit keinem Wort unterbrochen; nur hin und wieder war eine Träne auf die rauhe, schwielige Hand gefallen; als aber Frau Morgan schwieg und fragend aufsah, da antwortete die junge Frau mit vor Bewegung zitternder Stimme: „O Mutter, er verlangt nichts weiter von dir, als daß du dich an sein Herz legst und ihm alle deine Sorgen, deine Befürchtungen und Enttäuschungen anvertraust; er selbst wird dir dann zuflüstern: ‚Sei guten Mutes, meine Tochter.' Er hat dich lieb, Mutter, dich, Hans, die kleine Nellie und alle, die dir am Herzen liegen; er möchte längst euch alle in seine Arme schließen und in seines Vaters Haus bringen, und ich weiß, daß er es auch tun wird. Als einzige Gegengabe verlangt er nur von dir, daß du ihn liebhabest, und das kann dir doch nicht schwer werden, nachdem du weißt, wieviel Gutes er dir und uns allen tun will."

„Dir mag es vielleicht nicht schwer sein, ihn zu lieben", entgegnete Frau Morgan kopfschüttelnd, „aber ich fühle keine Spur Liebe zu ihm. Ich glaube, daß er mir Gutes tun will, und trotzdem bin ich ihm gegenüber gerade so kalt und hart wie zuvor."

„Dann sage es ihm, Mutter. Sieh, er ist ja nicht wie unsere irdischen Freunde, denen wir allerdings nicht gut eingestehen können: ‚Ich weiß, daß ich dich lieben sollte, aber ich kann nicht; zeige mir, wie ich es machen soll.' Dem treuen Heiland dürfen wir aber sogar dieses anvertrauen. Warte nicht, Mutter, bis du meinst, du seiest in der richtigen Verfassung, um zu ihm zu kommen. Er wird dich bestimmt annehmen gerade so, wie du bist, und dein Herz mit Freude erfüllen."

„Aber es ist ja gerade, als ob ich ihn zum Besten halten wollte, wenn ich weiß, daß er von mir Liebe erwartet und ich ihn nicht lieben kann."

„Nein, es ist kein Zum-Besten-Halten, wenn du es aufrichtig meinst. Du kannst dir keine Liebe zu ihm ins Herz geben; aber du kannst ihm dein Herz übergeben, kannst seiner Stimme folgen und tun, was er dich heißt. Mutter, ist es dir ernstlich darum zu tun, dein Versprechen zu erfüllen?"

Es erfolgte lange keine Antwort; Frau Morgan war offenbar verwirrt und hatte nicht den Kinderglauben ihrer kleinen Nellie.

„Was schließt dieses Versprechen alles in sich?" fragte sie endlich. „Was werde ich tun müssen?"

„Es schließt dieses Versprechen alles in sich", erwiderte Luise feierlich; „du müßtest dann alles gerade so tun, wie er es haben will. Er hat dir versprochen, daß er dich führen will, und du sollst ihm deinerseits versprechen, daß du dich jeden Schritt führen und deinen eigenen Willen in dem seinen aufgehen lassen willst."

„Wenn er aber Unmögliches von mir verlangt?"

„Dies ist gänzlich ausgeschlossen; er verlangt nichts, wozu er nicht vorher die nötige Kraft gibt. Freilich, man muß gehorchen ‚wollen'. Es gibt eine Menge Menschen, die beständig klagen, sie ‚könnten' dieses und jenes nicht tun, im Grunde ist es aber nichts anderes, als daß sie es nicht tun ‚wollen'. Aber du bist eine aufrichtige Natur, Mutter, und vermagst nicht zu sagen: ‚ich kann nicht', wenn du weißt, daß du wohl könntest, wenn du nur wolltest. Erst gestern ist deine kleine Nellie hier neben mir gekniet und hat gebetet: ‚Lieber Heiland, ich übergebe mich Dir; das ist alles, was ich tun kann', und als sie aufstand, sagte sie mit strahlenden Augen: ‚Er hat mich angenommen'. Willst du es nicht ebenso machen, Mutter? Willst du jetzt nicht mit mir niederknien?"

Mit klopfendem Herzen hatte Luise die letzten Worte gesprochen; sie wagte kaum zu glauben, daß die unbeugsame

Frau diesen Schritt tun werde, und doch war sie innerlich überzeugt, daß Frau Morgan vor einer schwerwiegenden Entscheidung stand. Wie würde sie sich entscheiden? Luise wagte nicht, die Totenstille zu unterbrechen, aber innerlich schrie sie zu Gott, daß er sie retten möge. Wie dankte sie, daß der Zugang zum Throne Gottes allezeit offenstand für alle Bittenden und man nicht erst lange warten mußte, bis man Gehör fand! Immer und immer wieder drang dieselbe Bitte aus ihrem Herzen empor, bis endlich die selige Gewißheit über sie kam, daß der Herr sie erhört hatte. Sie war darum auch gar nicht mehr erstaunt, als sie merkte, wie Frau Morgan endlich entschlossen ihren Stuhl zurückschob und niederkniete; Luise sank neben ihr auf die Knie, und mit fester, beinahe harter Stimme fielen von den Lippen der Mutter dieselben Worte, die Nellie vor kaum mehr als vierundzwanzig Stunden an derselben Stelle gebetet hatte. Es waren nur wenige Worte; aber man fühlte ihnen an, daß er die Starken zum Raube haben werde, hatte sich endlich auch diesen eisernen Willen untertan gemacht. Luisens Herz war so voll Lobens und Dankens, daß sie nicht schweigen konnte, sondern in einem innigen Gebet laut ausdrücken mußte, was sie bewegte. Dann standen beide Frauen auf.

„Nun aber ruhe dich ein wenig aus, Mutter“, sagte Luise sanft; „sieh, das Bett ist für dich bereit, und ich will dich rufen, sobald Nellie nach dir verlangt. Soll ich die Lampe anzünden? Nein? Nun, dann will ich wenigstens das Feuer zu neuer Glut anfachen, damit es gemütlich warm bleibt.“

Ehe sie das Zimmer verließ, konnte sie es sich nicht versagen, noch einmal auf ihre Schwiegermutter zuzugehen und einen sanften Kuß auf deren Stirn zu drücken.

Kaum war Frau Morgan allein, so sprang sie auf, drehte den Schlüssel im Türschloß um und sank abermals auf ihre

Knie, fühlte die starke Frau doch schon jetzt, daß sich in ihr etwas Neues, Wunderbares vollzog. Sie hätte nicht beschreiben können, was mit ihr vorging, aber sie hatte das Bewußtsein, daß es ihr unmöglich war, je wieder zu sagen: „Ich kann ihn nicht lieben!" Zum ersten Mal in ihrem Leben fühlte sie das Bedürfnis zu beten, und auch sie durfte die Wahrheit des Wortes erfahren, „. . . so jemand will des Willen tun, der wird inne werden, ob diese Lehre von Gott sei, oder ob ich von mir selber rede." Es ist unbegreiflich, warum die ehrlichen Ungläubigen nicht diese Probe machen!

„Was ist geschehen?" fragte Dorothea erstaunt, als Luise in das Schlafzimmer kam.

„Nichts. Warum?" entgegnete Luise lächelnd.

„Ich weiß selbst nicht; aber du kommst mir vor, als ob dir ein Engel oder dergleichen erschienen wäre."

„Wer weiß, ob es nicht wahr ist!" sagte Luise sichtlich bewegt.

Nicht lange danach trat Vater Morgan leise ein, um sich nach seinem schlafenden Liebling umzusehen; dann fragte er nach der Mutter.

„Sie ruht ein wenig in meinem Zimmer", entgegnete die junge Frau.

„Sie ruht?" wiederholte der Vater erstaunt. „Ist sie denn krank?"

„O nein, im Gegenteil, ich denke, daß sie bald vollkommen ausgeruht herunterkommen wird."

Vater Morgan ging nachdenklich in den Stall; was mochte nur geschehen sein? Solange er sich erinnern konnte, hatte seine Frau nie das Bedürfnis nach Ausruhen geäußert, ja selbst wenn sie schlief, hatte man nie das Gefühl, daß sie wirklich ruhte. Er hatte auch den freudigen Klang in Luisens Stimme gehört, als sie ihm geantwortet hatte, und konnte sich nicht recht erklären, was dies zu bedeuten hatte. So begnügte er sich, wie schon so oft, seine Verwunderung in den Worten auszudrücken: „Ludwig hat doch eine merkwürdige Frau!“

Er war längst in seinem Strohsessel eingenickt, als Frau Morgan in der Küche erschien.

„Hast du etwas ruhen können, Mutter?“ fragte Dorothea, während Luise forschend aufsah.

„Ja“, entgegnete sie ruhig wie sonst, aber doch mit einem ihr bisher fremd gewesenen freundlichen Klang in der Stimme. „Ja, ich habe eine Stunde der Ruhe gehabt wie noch nie in meinem Leben. Nun müßt ihr aber beide zu Bett gehen, es ist höchste Zeit für euch. Was hat Nellie gestern abend zu dir gesagt, Luise?“

„Daß der Herr sie angenommen hat!“

„Nun, ich glaube, daß er ihre Mutter auch angenommen hat“, fügte Frau Morgan hinzu.

„Gute Nacht, Gott segne euch, Kinder!“ Mit diesen Worten umarmte sie zuerst Luise und dann Dorothea, die vor Verwunderung nicht wußte, wie ihr geschah.

Als die beiden einige Minuten später die Treppe hinaufgingen, leuchteten ihre Gesichter in heiliger Freude über das unaussprechliche Erbarmen Gottes.

26. Wieder vereint

Ihr lieben Leser meint vielleicht, daß sich die Veränderungen in der Familie Morgan unnatürlich rasch entwickeln und der ernste Christ nicht auf solch außergewöhnliche Früchte rechnen darf. Ich möchte die Frage auch an euch stellen, ob ihr je einmal ein volles Jahr eure Umgebung mit treuer Beharrlichkeit in der Fürbitte getragen und versucht habt, eure Christenhoffnung auch in Wort und Wandel zu bestätigen? Wenn ihr mir diese Frage nicht freudig bejahen könnt, dann spreche ich euch das Recht ab, über die möglichen oder unmöglichen Erfolge eines solchen Jahres ein Urteil abzugeben.

Ich möchte nicht behaupten, daß Luise Morgans Glaube den Vergleich mit der Größe eines Senfkorns ausgehalten hätte; denn gar manchmal ist sie, wie ihr wißt, mit der kleingläubigen Frage: „Warum, Herr?" vor den Heiland getreten. Aber der Herr, der den schwächsten Glaubensversuch segnet und das arme zagende Menschenherz kennt, hat sich doch zu Luisens Glauben bekannt.

Ich möchte ausdrücklich betonen, daß Frau Morgan von dem Augenblick an, da sie sich dem Herrn übergab, vollen Ernst mit ihrer Bekehrung machte; und nach meinem Dafürhalten muß sich eine gründliche Bekehrung auch sofort im äußeren Leben offenbaren. Ich halte es für undenkbar, daß ein Mensch nach seiner Bekehrung noch gerade so selbstsüchtig, geizig oder zornig sein kann wie vorher. Bekehrung ist Herzensänderung, und ein Herz, das sich der Leitung Christi übergeben hat und ihm zu Gefallen leben will, muß sich von Anfang an unterscheiden von dem, was es früher war, als es sich noch selbst regierte. Frau Morgans

Herzensübergabe war eine rückhaltlose, die sich sofort auch nach außen offenbarte. Gleich am nächsten Abend, als Nellie noch warm in Kissen gebettet in Luisens kleinem Schaukelstuhl am Eßtisch saß, sagte die Mutter zu Ludwig: „Von nun an wollen wir regelmäßig Morgen- und Abendandachten im Haus halten, und damit Nellie dabei sein kann, ist es wohl am besten, wenn wir gleich nach dem Abendessen miteinander lesen und beten. Am Ende könnten wir auch ein Lied singen. Euer Vater hat in seiner Jugend gern gesungen und es gewiß noch nicht ganz verlernt."

Vater Morgan, mit dem seine Frau wohl schon vorher gesprochen hatte, ließ sich die neue Einrichtung schweigend gefallen; aber Ludwig hatte Mühe, seiner Bewegung Herr zu werden, als er das Lied anstimmte:

„Herr, ich bin dein Eigentum,
dein sei auch mein Leben;
mir zum Heil und dir zum Ruhm
hast du mir's gegeben.
Väterlich führst du mich
auf des Lebens Wegen
meinem Ziel entgegen."

Er konnte es kaum fassen, daß seine Mutter diesen Vers nun auch aus voller Herzensüberzeugung mitsingen konnte, und dabei ergriff ihn ein unbeschreibliches Sehnen, daß auch sein Vater ein Gotteskind werden möge.

Ich habe euch in den letzten Kapiteln wenig von Ludwig erzählt, darum möchte ich jetzt nicht unerwähnt lassen, daß er ein mutiger, freudiger Bekenner seines Heilandes geworden war, seit er an dem bewußten Abend jene Erfahrung mit Dorothea gemacht hatte.

Könnte ich euch nur einen Einblick gewähren in das selige Leben, das sich nun im Hause Morgan entfaltete, welch inniges Band die Glieder der Familie umschlang und wie sich schließlich Mutter und Töchter zu einer Gebetsvereinigung verbanden, während welcher sie nur für den Hausvater und den armen Hans beteten! Es war geradezu rührend, zu beobachten, wie Frau Morgan keine Gelegenheit unbenutzt ließ, die ihrem geistlichen Wachstum förderlich sein konnte; sie, die früher nie um eine Ausrede verlegen war, wenn sie keine Lust zum Kirchgang verspürte, versäumte keinen Gottesdienst mehr und beteiligte sich auch stets an den wöchentlichen Gebetsstunden. Ich könnte euch mancherlei erzählen von den Studien, die Luise und Dorothea gemeinsam betrieben, von dem Leseabend, den die jungen Leute unter Ludwigs Leitung einrichteten, und von dem herzlichen Verkehr, der sich zwischen Herrn Buttler und der Familie Morgan entspann; aber ich fürchte, die Geschichte würde sich dann zu einer unverzeihlichen Länge hinausziehen.

Eines Abends, als Nellie zu Bett gegangen war, Dorothea mit ihren Geschwistern in der oberen Stube plauderte und Vater Morgan in seiner Schlummerecke neben dem Ofen saß, holte Mutter Morgan Papier und Schreibzeug herbei und machte sich an das ihr ungewohnte Geschäft des Briefschreibens. Sie wollte die stillen Abendstunden benutzen, um an Hans zu schreiben, und es kümmerte sie wenig, daß sie seine Adresse nicht wußte; wenn sie den Brief einfach an Hans Morgan nach der ersten großen Stadt sandte, werde er ihrer Meinung nach schon ankommen. Und unser Heiland machte den einfältigen Glauben der einfachen Frau nicht zuschanden. Was die Mutter an jenem Abend geschrieben, das kam wirklich in Hans Morgans Hände und beschleunigte dessen Heimkehr.

Kurz vor Weihnachten, als die Familie sich soeben zum Abendessen versammelt hatte und Ludwig in lebendiger Weise von einem kleinen Abenteuer berichtete, das ihm im Dorf begegnet war, klopfte es energisch an der Haustür.

„Ist es am Ende wieder ein Vagabund?“ fragte Ludwig, als Nellie die Tür öffnete. „Das Volk macht sich in der letzten Zeit in der hiesigen Gegend merkwürdig breit. Wenn ich nicht irre, ist es der dritte, der heute zu uns kommt.“

„Mich wundert, daß sie nicht lieber in den großen Städten bleiben“, bemerkte die Mutter.

Nellies halb erstaunter, halb erschreckter Ausruf richtete aller Aufmerksamkeit plötzlich nach der Tür. Eigentlich war an dem jungen Fremden, der hereingetreten war, nichts, das Nellie verblüfftes Gesichtchen hätte erklären können; aber ehe die anderen recht verstehen konnten, um was es sich handelte, war Mutter Morgan schon an der Tür, umarmte den jungen Mann und rief ein über das andere Mal: „Mein Junge! Mein Junge!“

Hoffentlich erwarten meine lieben Leser nun nicht von mir, daß ich ihnen erzähle, was unsere wiedervereinten Freunde in der darauffolgenden Stunde geredet haben. Ein solches Wiedersehen läßt sich nicht beschreiben, sondern muß miterlebt sein, und gewöhnlich wissen die dabei Beteiligten nachher selbst kaum, was ein jeder gesagt hat.

Doch Dorothea konnte sich später noch erinnern, daß, während sie Teller, Tasse und Besteck holte, Luise stillschweigend dem heimgekehrten Sohn seinen gewohnten Platz neben dem Vater einräumte und daß Vater Morgan dessen Teller bis zum Rand mit Salat aufhäufte, weil er sich erinnerte, daß dies seines Jüngsten Lieblingsgericht gewesen war.

Und wie war Hans heimgekommen? Seinem Äußeren nach zu schließen, mußte er ein anständiges Fortkommen gehabt haben; er sah zwar bedeutend älter und ernster, aber nicht verbittert aus; seine Augen waren klar, und sein Anzug war nicht gerade fein, aber doch in gutem Zustand. Luise beobachtete dies alles an ihrem Schwager; aber noch hatte sie keine Antwort auf die Frage, die sie sich unwillkürlich stellte: „Kommt er als ein Geretteter heim?"

Verständlicherweise überließ Frau Morgan diesmal das Tischabräumen ganz ihrer Tochter und Schwiegertochter und kümmerte sich nicht darum, ob die Milch im richtigen Eimer aufbewahrt und das Brot sofort in die Speisekammer getragen wurde. Luise und Dorothea spülten das Geschirr so geräuschlos wie nur möglich, um nur ja kein Wort der Unterhaltung zu verlieren; aber erst als sie mit ihren Handarbeiten bei der Lampe saßen, fing Hans an zu reden.

„Ich habe euch eine lange, lange Geschichte zu erzählen", begann er, „und weiß kaum, wie und wo ich anfangen soll. Am besten ist es wohl, daß ich euch Eltern vor allem um Verzeihung bitte für allen Kummer, den ich euch in meinem Leben bereitet habe; ich möchte euch sagen, daß ich ganz von vorne angefangen habe und die Worte des Gleichnisses vom ‚verlorenen Sohn' auf mich passen: ‚dieser euer Sohn war tot und ist wieder lebendig geworden; er war verloren und ist wiedergefunden worden'." Dabei sah er lächelnd zu seiner Mutter hinüber.

„Hast du wirklich meinen Brief bekommen?" fragte diese begierig.

„Ja, und auf geradezu wunderbare Weise. Ich hatte vorgestern im Auftrag meines Prinzipals ein Wertpaket zur Post zu tragen und mußte dort auf dem Schein mit meinem eigenen Namen unterschreiben, da ich für die richtige Beförderung verantwortlich war. Ein Postbote, der zufällig meine Unterschrift las, bemerkte, daß auf dem Postamt im Westen der Stadt seit einer Woche ein an einen Hans Morgan adressierter Brief liege ohne jegliche Straßen- und Wohnungsangabe. Man habe den Brief erst an einen gewissen Maurer Hans J. Morgan abgeliefert; aber dieser habe ihn alsbald mit der Bemerkung zurückgebracht, die Anrede laute ‚mein lieber Sohn', und die beiden einzigen Menschen, die ihn so angeredet hätten, lägen schon längst unter der Erde. Ich weiß nicht, warum mir war, als ob ich den Brief um jeden Preis haben müsse, und ich eilte sofort auf das entfernte Postamt. Kaum hatte ich dein Schreiben gelesen, Mutter, so hielt es mich nicht länger mehr in der Fremde; ich mußte zu euch kommen und euch bitten, noch einmal einen Versuch mit mir zu machen, wenngleich ich es nicht verdiene. Da mein himmlischer Vater mir mein vergangenes Leben verziehen hat, darf ich es wagen, auch auf eure Vergebung zu hoffen."

Einen Augenblick herrschte feierliche Stille, nachdem Hans aufgehört hatte zu sprechen; dann aber sagte Vater Morgan mit vor Bewegung unsicherer Stimme: „Ich denke, wir fühlen alle, daß es am besten ist, wenn wir die Vergangenheit ein für allemal ruhen lassen und jeder an seinem Teil ein neues Leben anfängt."

Es war beinahe elf Uhr, als die Familie sich endlich trennte; im Laufe des Abends aber war Luise leise zur Tür hinausgeschlüpft, um Hansens Zimmer zu seinem Empfang zu richten. Sie hätte jubeln mögen vor Freude, als sie seine wohlverwahrten Sachen wieder herbeiholte, das Bett frisch überzog und auf das Tischchen neben demselben die Bibel legte, die sie ihrem Schwager einst geschenkt hatte und die er wohl nun nicht mehr auf das oberste Bücherregal verbannen würde.

Und welche Gefühle erst das Mutterherz bewegten, vermag ich euch nicht zu schildern! Sie wandte kaum den Blick von Hans, und als sie ihn vor dem Zubettgehen noch einmal liebevoll umarmte, da wußte der Sohn, daß alle Schätze der Erde nicht zu vergleichen sind mit der Liebe einer Mutter.

Obwohl die gewöhnliche Zubettgehzeit längst vorüber war, dachte Vater Morgan noch nicht ans Schlafen, denn im Geiste zogen noch einmal all die merkwürdigen Veränderungen an ihm vorüber, die sich in den letzten Monaten in seiner Familie vollzogen hatten. Er suchte sich dieselben natürlich zu erklären und sagte sich, daß Luise und Ludwig wohl durch ihre Erziehung anders geartet seien als die Leute hierzulande. Als Dorothea sich so plötzlich bekehrte und eine andere wurde, meinte er, das Mädchen habe eben gute Anlagen in sich gehabt, die durch den Verkehr mit ihren Geschwistern und Herrn Buttler geweckt worden seien. Die plötzliche Veränderung in dem Wesen seiner Frau machte ihn etwas stutzig; schließlich aber begnügte er sich mit dem Schluß, sie habe sich eben entschlossen, sich mehr um die Bibel und die Kirche zu kümmern; sonst sei nichts Besonderes mit ihr vorgegangen. Als nun aber sein jüngster Sohn, der von klein auf niemals zu bewegen gewesen war, ein Unrecht einzugestehen, demütig seine Eltern um Verzeihung bat und versprach, ein neues Leben anzufangen, da mußte Vater Morgan zugeben, daß nur eine höhere Macht solches zustande hatte bringen können und daß Gott auf irgendeine Weise in Hansens Leben eingegriffen haben mußte.

27. Ich weiß es nicht

Beinahe unwillkürlich vollzogen sich während der letzten Monate mancherlei Änderungen in der Lebensweise der Familie Morgan; die einzelnen Familienglieder gaben sich vielleicht nicht einmal klare Rechenschaft davon und hätten den Unterschied zwischen jetzt und früher wohl erst recht empfunden, wenn sie dazu verurteilt worden wären, wieder eine Woche lang in der alten Art und Weise zu leben. Am wohltuendsten war der stille Friede, der nun im Haus herrschte trotz der Verschiedenheit der einzelnen Charaktere; die früher üblichen bitteren, scharfen Redensarten waren verstummt, und jeder suchte dem andern mit Liebe zu begegnen. Vater Morgan paßte sich schweigend den neuen Verhältnissen an und machte dabei seine Studien; sein Sohn Hans gab ihm besonders viel zu denken, denn eine so plötzliche Umwandlung eines Menschen war ihm bisher noch nie begegnet. Ja, Hans war eine vollkommen neue Kreatur geworden, der man es abspüren mußte, daß Jesus Christus ihr Ein und Alles war, und gerade weil sein früheres Leben so ganz dem Teufel geweiht gewesen war, trat jetzt seine Sinnesänderung um so klarer zutage.

Im Laufe der Zeit hatte sich herausgestellt, daß Ludwig seiner Gesundheit wegen endgültig seinem Herzenswunsch, Geistlicher zu werden, entsagen und bei der Landwirtschaft bleiben mußte. So schwer dieser Entschluß dem jungen Mann auch wurde, so tröstete ihn doch der Gedanke, daß Hans dadurch im Haus entbehrlich wurde, und der Vater sich bereit fand, seinen Jüngsten Medizin studieren zu lassen. Vater Morgan war in der letzten Zeit überhaupt milder geworden; dies zeigte sich besonders, als er plötzlich von selbst den Entschluß aussprach, dem jungen Ehepaar ein eigenes Häuschen bauen zu lassen. Merkwürdigerweise begrüßten Ludwig und Luise diese Absicht auf eine eigene Häuslichkeit gar nicht mit der Freude und Genugtuung, die sie etwa ein Jahr vorher bei einem solchen Anerbieten empfunden hätten. Sie suchten wohl mit dem Vater einen passenden Bauplatz aus und entwarfen allerlei Pläne, aber man merkte es ihnen deutlich an, daß sie durchaus keine Lust hatten, den Beginn des Baues zu beschleunigen. Zu Beginn des Frühjahrs brachte der Vater selbst wieder die Angelegenheit des Neubaus zur Sprache.

„Nicht, daß mir's darum zu tun wäre, euch aus dem Haus zu haben", sagte er, „ich wünschte im Gegenteil, daß es meinetwegen fünf Jahre dauerte, ehe das Haus fertig ist, und fünf weitere Jahre, bevor ihr es beziehen könnt, weil ich mir gar nicht denken kann, wie wir Alten ohne euch fertig werden sollen; aber ich habe eingesehen, daß es meine Pflicht und Schuldigkeit ist, euch ein eignes Heim zu geben, und nun sollt ihr es auch haben."

Ludwig und Luise dankten ihm für seine freundliche Absicht und meinten, es sei ja noch später Zeit, die Sache näher zu besprechen. So blieb vorderhand alles beim alten.

Als im Juni Garten und Haus mit prächtigem Rosenflor geschmückt waren, richtete Luise eine der leerstehenden Stuben des oberen Stockwerkes zum Empfang ihrer Schwester Stella her. Sie hatte schon im Jahr vorher zu Besuch kommen sollen, war damals aber zu Luises großer Enttäuschung durch allerlei Zwischenfälle daran gehindert worden. Und wie dankte Luise jetzt dem Herrn für den Aufschub des Besuchs, wurde dadurch doch ihrer geliebten Schwester nun ein ganz anderer Empfang zuteil, als dies im vorigen Sommer möglich gewesen wäre. Ihre Augen leuchteten in froher Erwartung, während sie die verschiedenen Vasen des Gastzimmers mit Rosen füllte, und doch mischte sich ein Tropfen Wehmut in die Freude des Wiedersehens; sie wußte, daß Stella sich noch immer nicht dem Heiland ausgeliefert hatte! Da weder sie noch ihre Eltern in dieser Beziehung bei dem jungen Mädchen etwas hatten ausrichten können, hoffte sie nun, daß vielleicht ihr Schwager Hans einen heilsamen Einfluß auf sie ausüben werde. Sie sprach ihre Gedanken niemandem gegenüber aus, aber um so mehr legte sie dem Heiland diese Angelegenheit ans Herz und bat ihn, ihrem Schwager im Verkehr mit Stella gerade die Worte in den Mund zu legen, die das Mädchen auf das Wesentliche aufmerksam machen konnten.

Luise zog es vor, ihre Schwester erst im Haus zu begrüßen, während Ludwig und Dorothea mit der kleinen Nellie nach der nächsten Bahnstation gefahren waren, um den langersehnten Gast abzuholen. Als der Wagen in der Ferne sichtbar wurde, zitterte Luise dermaßen vor freudiger Erwartung, daß sie kaum die Treppe hinuntereilen konnte. Wie herzlich war das Wiedersehen der Schwestern nach der langen Trennungszeit, und wie atemlos lauschte Luise den Berichten aus dem Elternhaus, das sie seit ihrer Verheiratung nicht mehr betreten hatte!

Hans war in Geschäften länger im Dorf aufgehalten worden, als er erwartet hatte, und konnte sich erst zur Familie gesellen, als diese die lauschige Gartenlaube verließ, um ins Haus zurückzukehren. Er hatte eine beinahe unüberwindliche Scheu vor Fremden und ganz besonders vor jungen Damen und sah darum nicht ohne ein gewisses Grauen der ersten Begegnung mit Stella entgegen. Zufällig trat soeben Dorothea mit der Lampe ins Zimmer, als Hans den Gast im elterlichen Haus begrüßen wollte. Anstatt aber ein paar herzliche

Worte zu sagen, sah er Stella mit starrem Staunen ins Gesicht, und nur ganz allmählich faßte er sich soweit, daß er stockend sagte: „Es ist kein Zweifel, Sie sind es wirklich!"

„Natürlich bin ich's", versetzte Stella belustigt, während Luise verwundert ihren Schwager ansah. „Wollen Sie mir nicht die Hand zum Gruß geben?"

„Erinnern Sie sich meiner wirklich noch?" fragte Hans, wie aus einem Traum erwachend, während er die beiden Schwestern mit prüfendem Blick verglich.

„Wie soll ich mich Ihrer erinnern, nachdem ich Sie heute zum ersten Mal sehe!" entgegnete Stella erstaunt.

„Sie haben mich schon einmal gesehen", sagte Hans ernst, „und gerade Ihre Ähnlichkeit mit Luise war es, die mich schon bei unserer ersten Begegnung aus der Fassung gebracht hatte. Ich zerbrach mir damals den Kopf, wo ich Ihr Gesicht schon einmal gesehen haben konnte, und fand absolut keine Erklärung."

„Aber ich sehe Luise nicht im geringsten ähnlich", rief Stella, „und zu meinem Schmerz muß ich gestehen, daß wir auch im Wesen grundverschieden sind."

„Es ist doch wunderbar, Luise", wandte Hans sich an seine Schwägerin, „daß es gerade deine Schwester war, die mir an jenem bedeutungsvollen Tag die Einladungskarte zu der Abendversammlung gegeben hat."

Stella wurde dunkelrot bei der Erinnerung an den einzigen evangelistischen Versuch, den sie je in ihrem Leben gemacht hatte. Sie hatte seitdem manchmal an den armen Menschen denken müssen, ihn in nicht gerade schmeichelhafter Weise ihren Freundinnen beschrieben und sich mit ihnen über ihn lustig gemacht. Daß der gutgekleidete, nette junge Mann vor ihr und der abgerissene Vagabund von damals ein und dieselbe Person sein sollte, war ihr ganz unbegreiflich.

„Sie haben wohl ein großartiges Schauspieltalent?“ fragte sie endlich. „Entweder haben Sie damals den heruntergekommenen Landstreicher gespielt wie er leibt und lebt, oder Sie geben jetzt vortrefflich die Rolle eines Herrn aus der guten Gesellschaft? Welche Stellung nehmen Sie im gewöhnlichen Leben tatsächlich ein?“

Hans war es durchaus nicht zum Lachen zumute, darum sagte er ernst: „Leider war der Landstreicher, dem Sie damals begegneten, kein fingierter, sondern einer von bedauernswerter Wirklichkeit; aber er dankt seinem Gott zeitlebens, daß er Sie damals zu seiner Rettung gesandt hat.“

Nun war die Reihe an Stella, verlegen zu werden. Da sie dem sonderbar ernsten Mann nichts zu entgegnen wußte, wandte sie sich von ihm ab. Luise hatte der Unterhaltung mit einigem Bangen zugehört; aber als sie Hans in die Augen sah, wußte sie, daß seine Teilnahme für das junge Mädchen geweckt war und er kein Mittel unversucht lassen werde, um ihre Seele zu retten.

Hans hatte nicht oft Gelegenheit, mit Stella allein zu reden; um so öfter aber gedachte er ihrer vor seinem Gott, und zwar in einer Weise, wie nur solche es tun können, die an sich selbst erfahren haben, welche Wonne es ist, dem Heiland anzugehören und sich darum sehnen, auch andere des gleichen Glückes teilhaftig zu machen.

Eines Abends, als er zufällig mit Stella zusammen in die Betstunde ging, sagte er zu ihr: „Sie können sich nicht denken, wie erstaunt ich war, als ich merkte, daß Sie sich noch nicht dem Heiland zu eigen gegeben haben; ich hatte mich so daran gewöhnt, in meinen Gebeten der Dame, die mir die bewußte Karte gegeben hat, als eines seligen Gotteskindes zu gedenken!“

„Schade um die vielen Gebete, die nun ganz umsonst

gewesen sind!“ entgegnete Stella in jenem Scherzton, den sie anzuschlagen pflegte, so oft jemand ein ernstes Gespräch mit ihr anknüpfen wollte. Gewöhnlich gelang es ihr auf diese Weise, unbequeme Mahner zum Schweigen zu bringen. Hans war aber jener leichtfertige Konversationston zu fremd, als daß er ihn verstanden hätte oder darauf eingegangen wäre. So behandelte er Stellas Antwort mit vollem Ernst.

„Nein, ich glaube nicht, daß sie umsonst gewesen sind“, antwortete er. „Der Herr hat gewußt, wie Sie stehen, und mehr auf den Geist gesehen, in dem ich gebetet als auf die Worte, die ich gebraucht habe. Aber wie kommt es nur, daß Sie den Heiland noch nicht angenommen haben, trotzdem Sie so viele Jahre mit Luise zusammengelebt haben?“

„Ich könnte an Sie die Gegenfrage richten, warum Sie sich so lange nicht um ernste Dinge gekümmert haben, nachdem sie jahrelang mit Ludwig und Ihrer Mutter unter einem Dach gelebt haben. Wissen Sie nicht, daß Leute, die selbst im Glashaus sitzen, keine Steine werfen sollten?“

„Ich habe nicht geglaubt, daß es eine wirkliche Bekehrung überhaupt gibt und daß der Glaube etwas Reales ist. Ich war natürlich ein Narr, aber ich habe es eben nicht besser verstanden; da meine Mutter erst seit kurzem gläubig ist, habe ich eine ganz andere Erziehung bekommen als Sie. Sie haben doch wohl keine solchen Schwierigkeiten gehabt, wie?“

„Nein“, antwortete Stella leise.

„Warum sind Sie dann noch nicht zum Glauben gekommen?“

„Ich weiß es nicht.“

„Und warum ergreifen Sie jetzt nicht den Heiland?“

„Ich weiß es nicht.“

„Dann würde ich aber an Ihrer Statt keinen Augenblick

länger zögern, um über diese wichtigen Fragen ins klare zu kommen.“

Stella schwieg, denn die Art und Weise, wie der ernste junge Mann diese Dinge behandelte, war ihr vollkommen neu. Bisher hatte sie sich einzureden versucht, daß manche Leute von Natur aus religiöser veranlagt seien als andere und sie darum gar nicht verantwortlich dafür gemacht werden könne, wenn sie allen religiösen Fragen keinen Geschmack abgewinnen konnte. Die einen hätten schon in früher Jugend einen Zug zu Gott, bei anderen käme das religiöse Bedürfnis erst im späteren Altern, und zu dieser letzten Kategorie zählte sie sich selbst. Seitdem sie aber Hans kennengelernt und erfahren hatte, wie aus dem Spötter und Weltmensch ein begnadigtes Gotteskind geworden war, waren ihre Ansichten bedenklich erschüttert worden, und sie mußte sich wohl oder übel noch einmal näher mit der ernsten Angelegenheit beschäftigen, um sich ein neues Urteil zu bilden.

28. Fünf Jahre später

Es gäbe wohl noch manches von der Familie Morgan zu erzählen, was meine lieben Leser interessieren könnte; aber unser Buch würde viel zu umfangreich werden, wollte ich weiter so ausführlich über das Ergehen unserer Freunde berichten. Ich überspringe darum einen Zeitraum von fünf Jahren und führe meine lieben Leser vor ein Haus, das sie kaum wiedererkennen würden. Es ist das alte Wohnhaus der Familie Morgan, aber in vollständig neuem Gewand; auf der einen Seite ist ein neuer Flügel angebaut, eine freundliche Veranda ziert den alten Teil, und da und dort sind altertümliche Erker angebracht. Auch im Innern des Hauses hat kein einziger Raum sein früheres Aussehen beibehalten; überall herrscht bei aller Einfachheit wohltuende Behaglichkeit. So ist also das neue Haus, dessen Plan vor Jahren ausgedacht worden ist, nicht gebaut worden? Nein und Ja. Ludwig und Luise haben es nämlich vorgezogen, nach wie vor bei den Eltern wohnen zu bleiben; aber Herr Morgan hat im Dorf dicht neben der Kirche ein allerliebstes Häuschen bauen lassen und es dem Pfarrer an dessen Hochzeitstag übergeben, und die junge, glückliche Pfarrfrau war, ihr habt es wohl längst erraten, niemand anders als unsere Dorothea. Obwohl man es gewöhnlich nicht gerne hat, wenn der Geistliche ein Mädchen seiner Gemeinde heiratet, so sind die Leute dieses Mal ganz zufrieden, zumal ihnen Dorothea als Kind und heranwachsendes Mädchen ganz fremd geblieben war. So hat sich auch im Leben der jungen Pfarrfrau bewahrheitet, was der Apostel sagt: „Denen, die Gott lieben, müssen alle Dinge zum Besten dienen." Mit der Zeit hat sich ein beinahe ideales Verhältnis zwischen der Gemeinde und ihrem Pfarrer gebildet, ein Lohn für die Treue und Geduld, mit der letzterer den ihm anvertrauten Seelen nachging.

Ludwig Morgan unterstützte seinen Schwager nach Kräften in der Gemeinde, und seinem treuen Rat war mancher Erfolg zu verdanken. Es war für Ludwig ein schweres Opfer, als er seinem Wunsch, Geistlicher zu werden, entsagen mußte; aber er durfte erfahren, daß es auch für Laien Arbeit genug im Weinberg des Herrn gibt.

Auf Luisens Anregung hatte Vater Morgan noch ein weiteres Haus im Ort bauen lassen, und wenn es auch zur Zeit unseres Besuches noch nicht vollständig eingerichtet war, so leuchtet uns doch schon von der Haustür das Messingschild entgegen mit der Aufschrift: Doktor Hans Morgan.

Kehren wir zurück ins alte Haus, wo heute alles einen festtäglichen Eindruck macht. Eben sind überall die Jalousien aufgezogen worden, um die Abendkühle in die behaglichen Zimmer einzulassen. Mutter Morgan mustert noch einmal mit prüfendem Blick die lange Festtafel, die im Eßzimmer aufgestellt ist. Luise trifft da und dort noch eine kleine Änderung in dem neu eingerichteten Gastzimmer, Nellie hüpft im weißen Kleid und bunter Schärpe bewundernd von einem Gegenstand zum anderen und bricht ein über das andere Mal in Ausrufe des Entzückens aus.

Weshalb sind wohl diese festlichen Vorbereitungen getroffen? Warum eilt Nellie immer wieder ans Fenster, um zu sehen, ob der erwartete Wagen immer noch nicht kommt, und warum ermahnt Frau Dorothea ihr kleines, blondlockiges Luischen, nun schön still zu sitzen, um die neue Tante würdig zu empfangen? Die neue Tante ist niemand anders als Stella, die heute mit Doktor Hans Morgan von der Hochzeitsreise zurückerwartet wird.

Es freute sich wohl niemand mehr über diese Verbindung

als Luise, war doch gerade Hans es gewesen, der ihre Herzensschwester endlich zum Heiland hatte führen dürfen.

Als der Wagen in der Ferne sichtbar wurde, versammelten sich die verschiedenen Familienglieder auf der Veranda, Mutter Morgan im weichen Seidenkleid und zierlichem Kopfputz, den Luisens geschickte Hände ihr angefertigt hatten, Dorothea mit Klein-Luischen auf dem Arm, Herr Buttler, Luise, Nellie, und zuletzt erschien auch noch der Vater mit Hans junior, der nirgend lieber saß als auf den Schultern seines Großvaters.

Kaum hatte Ludwig die Pferde zum Stehen gebracht, so flog die liebliche Stella aus dem Wagen, schnurstracks in Frau Morgans ausgebreitete Arme, die sie mit einem herzlichen „Willkommen daheim, meine Tochter!“ empfing.

Aber die Neuvermählten kamen nicht allein, sondern mit ihnen die geliebten Eltern, die den ersten, längst versprochenen Besuch bei ihren verheirateten Kindern machen wollten. Luise strahlte vor Freude, als sie sie ins Haus und Eßzimmer führte, wo nun die beiden Familien mit Kindern und Kindeskindern versammelt waren.

Stella konnte die vielen Veränderungen im Hause nicht genug bewundern, die sich seit ihrem letzten Besuch vollzogen hatten, Ludwig und Luisens Augen aber begegneten sich in geheimem Einverständnis, mußten doch beide daran denken, wie ganz anders heute der Empfang war im Vergleich zu dem, der ihnen an jenem kalten Herbsttag beim Eintritt ins Elternhaus zuteil geworden war. Was hätte Stella wohl gesagt, wenn sie damals Mutter Morgan im dunklen Kattunkleid ohne Kragen und Hans in Hemdärmeln am Frühstückstisch gesehen hätte!

Ich habe aber noch eine Überraschung für meine lieben Leser, denn vor dem Zubettgehen rollte Nellie ein Seitentischchen vor ihren Vater hin und zündete die kleine Studierlampe an. Herr Morgan öffnete die große Hausbibel und las laut den herrlichen Psalm: „Lobe den Herrn, meine Seele, und was in mir ist seinen heiligen Namen; lobe den Herrn, meine Seele, und vergiß nicht, was er dir Gutes getan hat, der dir alle deine Sünden vergibt und heilet alle deine Gebrechen; der dein Leben vom Verderben erlöset, der dich krönet mit Gnade und Barmherzigkeit." Dann kniete die ganze Hausgemeinde nieder, und der Herr des Hauses befahl sich und all die Seinen in einem innigen Gebet der treuen Obhut des himmlischen Vaters.

„Kannst du dich noch dieser Schutzdeckchen erinnern?" fragte Luise am nächsten Morgen, als sie plaudernd in Stellas Zimmer stand.

„Gewiß", erwiderte die junge Frau lachend. „Und weißt du noch, wie ich dich damals fragte, was du wohl mit all den vielen Schutzdeckchen anfangen wolltest?"

„Ja, Herzchen, ich antwortete dir damals, daß ich schon eine passende Verwendung für sie finden würde, und wie du siehst, ist mir dies auch geglückt. Erinnerst du dich aber auch noch, wie du mir an demselben Tag erklärtest, daß es dir ganz unmöglich wäre, die Eltern zu verlassen, um mit einem Fremden in die Welt hinauszuziehen?"

„Dessen kann ich mich nicht mehr erinnern", versetzte Stella mit verlegenem Lächeln. „Ich bin aber auch nicht mit einem Fremden, sondern mit Hans in die Welt gezogen, und den kannte ich eben damals noch nicht."

Als Luise etwa eine Stunde später mit einer Handarbeit bei ihrer Mutter im Wohnzimmer saß, beobachtete sie, wie ihr Söhnchen seine Großmutter Morgan in den Garten führte und voll Eifer die besonderen Schönheiten eines Käfers schilderte, den er soeben im Garten gefunden hatte.

„Seht nur, wie die Mutter ihn verzieht!“ rief Luise lachend, „ich glaube, sie würde meilenweit mit ihm gehen, wenn der kleine Schmeichler es von ihr verlangte.“

„Großmütter dürfen ihre Enkel verziehen, wenn die Eltern es nicht an der richtigen Zucht fehlen lassen“, erklärte Frau Barrow lächelnd. „Nicht wahr, Ludwig, du mußt mir das Zeugnis geben, daß ich meine Kinder nicht verzogen habe? Ich kann mich nicht genug freuen über euer hübsches Heim und wie ihr bewiesen habt, daß zwei Familien ganz gut in Frieden einen Haushalt miteinander führen können. Frau Morgan hat mir heute morgen erzählt, daß ihr ganz angst und bange war, als ihr eine Zeitlang davon spracht, einen eigenen Haushalt zu gründen. Sie meint, daß sie gar nicht mehr ohne Luise fertig werden könne. Ich fürchte beinahe, daß sie von ihren Schwiegertöchtern eine zu hohe Meinung hat.“

„Mutter weiß eben, daß meine Luise eine ganz besondere Frau ist“, sagte Ludwig mit einem zärtlichen Blick auf seine Frau. „Ich kann dir nicht genug danken, liebe Mama, daß du sie so gut erzogen hast, sonst wäre unser Zusammenleben mit den Eltern sicherlich nicht so schön geworden.“

„Im großen Ganzen mag es nicht ratsam sein, daß ein junges Ehepaar zu den Schwiegereltern zieht“, entgegnete Frau Barrows, „und ich muß gestehen, daß ich lange Zeit nur mit Zittern und Zagen Luises Briefe öffnete, weil ich immer fürchtete, sie und ihre Schwiegermutter würden sich auf die Dauer nicht vertragen; wenn ich freilich deine Eltern gekannt hätte, hätte ich mir viele Sorgen ersparen können. Nicht jede neue Frau hat eben das Glück, solche Schwiegereltern zu bekommen!“

„Und nicht alle Schwiegereltern haben das Glück, eine solche Schwiegertochter zu bekommen“, ergänzte Ludwig bewegt. „Ich kann dir versichern, liebe Mama, daß wir Morgans dem Herrn nicht genug für das edle Reis danken können, das er unserem alten Stamm aufgepfropft hat.“